BOCA DO INFERNO

A marca FSC® é a garantia de que a madeira utilizada na fabricação do papel deste livro provém de florestas que foram gerenciadas de maneira ambientalmente correta, socialmente justa e economicamente viável, além de outras fontes de origem controlada.

BOCA
DO INFERNO
OTTO LARA RESENDE
contos

posfácio AUGUSTO MASSI

COMPANHIA DAS LETRAS

Copyright © 2014 by herdeiros de Otto Lara Resende
Copyright do posfácio © 2014 by Augusto Massi

Todos os direitos reservados

Grafia atualizada segundo o Acordo Ortográfico da Língua Portuguesa de 1990, que entrou em vigor no Brasil em 2009.

Capa e projeto gráfico
MARIANA LARA | ESTÚDIO XADREZ

Foto de capa
AUTOR NÃO IDENTIFICADO/ COLEÇÃO OTTO LARA RESENDE/ ACERVO INSTITUTO MOREIRA SALLES

Preparação
JACOB LEBENSZTAYN

Revisão
**THAÍS TOTINO RICHTER
HUENDEL VIANA**

Dados Internacionais de Catalogação na Publicação (CIP)
(Câmara Brasileira do Livro, SP, Brasil)

Resende, Otto Lara, 1922-1992.
  Boca do inferno : contos / Otto Lara Resende ; posfácio Augusto Massi — 1ª ed. — São Paulo : Companhia das Letras, 2014.

  ISBN 978-85-359-2251-6

  1. Contos brasileiros I. Título.

13-03295   CDD-869.93

Índice para catálogo sistemático:
1. Contos : Literatura brasileira   869.93

| 2014 |

Todos os direitos desta edição reservados à

EDITORA SCHWARCZ S.A.
RUA BANDEIRA PAULISTA, 702, CJ. 32
CEP 04532-002 • SÃO PAULO • SP
TEL 11. 3707-3500 • FAX 11. 3707-3501
www.companhiadasletras.com.br
www.blogdacompanhia.com.br

SUMÁRIO

CONTOS

Filho de padre........................ p. 9
Dois irmãos .... p. 27
O porão.............................. p. 51
Namorado morto..................... p. 69
Três pares de patins................. p. 85
O segredo .... p. 95
O moinho............................ p. 115

POSFÁCIO

Narrador de tocaia, Augusto Massi... p. 133

FILHO DE PADRE

— Cabeça-dura — padre Couto ameaçou dar-lhe um coque com os nós dos dedos. Trindade fugiu à mão do vigário, que era incansável naquela mania de lhe ensinar latim.

— Genitivo, genitivo — gritava o mestre, numa voz que misturava irritação e desinteresse.

A pequena sala de móveis rústicos sufocava de calor. Da cozinha chegava a algazarra dos pássaros — o curió desdobrando gorjeios longos, dolentes. Padre Couto levantou-se da cadeira de palha trançada, arrepanhou a batina surrada que deixava ver embaixo as calças de brim ordinário, e andou até a janela; suspendeu a vidraça de guilhotina e, por um momento, perdeu a vista pela horta que descia até o riacho. Os legumes reverberavam ao sol, sem sombras. Dava gosto a chacrinha do padre Couto.

— *Romulus romanorum rex fuit* — recitou padre Couto, maquinalmente, a atenção ainda presa no enxame de abelhas amontoadas à porta de uma das colmeias. — Passou mel no caixote, para chamar a família? — padre Couto virou-se para Trindade, que esgravatava o dedão do pé.

— Hem? — fez Trindade, com o ar abobalhado que o padre detestava.

— Cabeça-dura, cabeça-dura — exclamou o vigário de mão no ar, como se assim reiniciasse a lição de latim. — Por hoje chega — disse em seguida, e saiu às pressas para o quintal, a ver o que sucedia com as arapuás e manaçaias.

Nada de grave sucedia. Trindade se esquecera de abrir a

entrada do caixote por onde as abelhas penetravam para fabricar em paz os seus favos de mel.

— Ô quadrúpede! — gritou padre Couto, e o grito perdeu-se ali por perto. Trindade já estava longe, do outro lado da casa paroquial. Na varanda, sentado no murinho que dava para a calçada, espichava um olhar vazio e preguiçoso pelo largo imenso, onde ninguém passava naquela hora. Embaixo do banco de pau, o cachorro modorrava de olhos fechados. De quando em quando, estremecia o pelo da cabeça à cauda, para livrar-se de uma pulga incômoda.

— Peludo — chamou Trindade, quando o cachorro escancarou o focinho com um bocejo ganido. E como Peludo não atendesse, Trindade saltou no chão e vibrou-lhe um pontapé no lombo. Depois agarrou-o pelas patas dianteiras e arrastou-o até o portão. Aí soltou-o com outro pontapé, capaz de arrancá-lo de vez ao torpor dorminhoco em que se encontrava.

Trindade saiu andando pela calçada, saltou para o pé de moleque do largo e olhou para trás. A pequena distância, indeciso, Peludo o acompanhava. A um assobio, o cachorro animou-se e correu para alcançá-lo. Debaixo do sol que queimava, agora juntos, um e outro caminharam até o outro lado do largo, junto à rua principal.

— Filho de padre! — Antes de verificar de onde partira o grito, Trindade abaixou-se rápido e apanhou o primeiro calhau à mão. Revistou à sua volta, não achou ninguém. As janelas das casas — abertas do lado da sombra, fechadas do lado do sol

— permaneciam imóveis, não denunciavam qualquer presença. — Filho de padre! — Nas suas costas. Trindade voltou-se, de novo não viu ninguém. Procurou identificar a voz, não conseguiu. O grito vinha dali mesmo, a poucos passos dele. Conhecia um por um os meninos que gostavam de provocá-lo.

— Filho de padre é a mãe — berrou, desafiando o silêncio, a rua parada que nenhuma brisa estremecia. O rabo entre as pernas, orelhas murchas, Peludo saiu correndo de volta à casa paroquial. Trindade colou-se ao muro da esquina e esperou.

— Filho de padre! — o grito não tardou a se repetir. Ainda teve tempo de ver o filho do doutor Silvino abaixar-se por trás da janela que tinha uma banda fechada. Trindade atirou a pedra, que foi espatifar com estrépito a vidraça. Alguém apareceu à janela do sobrado defronte para ver o que se passava. Trindade saiu numa carreira desabalada até junto da igreja, onde se sentiu protegido e diminuiu o passo, de fôlego curto. Enveredou pelo cemitério, para encurtar caminho, e saiu pelos fundos, na laje que se estendia em declive até lá embaixo, no bambual amarelo e seco do veranico. Conhecia a laje como a palma de sua mão. Aqui e ali, musgos prateados apareciam à superfície. Trindade desceu até uma cavidade onde se refugiou como numa caverna. Lá de cima ninguém o poderia ver. Espichou-se na rocha, de barriga para baixo, os cotovelos fincados no chão duro, as mãos amparando o rosto. A caverna sombria guardava ainda o calor do sol. Trindade ficou olhando o bambual lá embaixo e não soube pensar em nada.

— Filho de padre é a mãe. É a mãe — repetiu entre dentes.

Padre Couto naquele momento devia andar à sua procura para cuidar das abelhas, ou para algum trabalho no pomar. Antes de começar a aperreação do latim, dera-lhe ordem para lambuzar o tronco das laranjeiras com o preparado contra as pragas que ameaçavam o laranjal. O vigário andava preocupado com uns enxertos novos — e quando cismava com uma coisa, ia até o fim. Que se cansasse agora de procurá-lo, lá não iria.

Do meio do bambual, surgiu um peru calorento. Uma galinha-d'angola recomeçava de minuto a minuto o seu canto monótono, incansável. Os fundos da chácara de seu Júlio faziam divisa no bambual, mas nunca aparecia ninguém naqueles confins. Na caverna, Trindade estava seguro, longe da zombaria dos outros meninos, longe de toda a gente, das obrigações do padre Couto. Se fosse preciso, se alguém aparecesse, Trindade podia descer até onde a laje se abria numa furna que a tradição considerava amaldiçoada, mal-assombrada. Escura e secreta Boca do Inferno. Aranhas e lagartos ali viviam, e cobras. O lugar pouco acessível tinha a proximidade desconfortável do cemitério, que em parte ficava à vista, com os seus túmulos abandonados. Na laje, lá em cima, muita gente aparecia para tomar a fresca da tarde, até a noitinha, e apreciar o crepúsculo.

Trindade conhecia bem a laje. Deitado à noite em seu quarto, gostava de imaginá-la nas diversas horas do dia: de manhã, depois da missa, quando o alegre bambual rumorejava, fresco; ao meio-dia, depois do almoço, quando o sol escaldava na pedra e lhe arrancava reflexos de cristal; ao crepúsculo, quando a tarde estendia na rocha o seu manso tapete de sombra, em contraste com o incêndio de cores que morria no horizonte longínquo; ou à noite, quando a lua cheia acendia no musgo da pedra oscilações de um lago e transformava o cemitério ao lado numa pequena cidade fantástica.

Os cotovelos doendo contra a rocha dura, Trindade sentou-se na beirada da caverna e agarrou uma pedra. Atirou-a para o ar, sem destino. Assustado, um tico-tico levantou voo de um galho da figueira. Lembrou-se da vidraça partida. Certamente a mulher do médico iria reclamar com padre Couto — mais uma dívida que deveria pagar. O vigário anotava as faltas, até que justificavam uma boa surra de vara de marmelo.

— Ai do pai que poupa a vara a seu filho!

Trindade mesmo ia cortar a vara. Suportava o castigo de dentes cerrados e olhos secos — talvez por isso padre Couto lhe batesse com gosto, zunindo a vara no ar. Os vergões das lambadas levavam dias para desaparecer de sua pele escura, nas costas e nádegas. As surras eram agora mais frequentes, e padre Couto não dava mostra de perder a força. Aos quatro anos, Trindade tomou o primeiro castigo de vara. Agora, tinha catorze: dez anos de varadas.

Olhou o céu alto. Dos lados da serra, nuvens grossas anunciavam chuva. Os urubus, em círculos mais baixos, confirmavam a tempestade que vinha vindo. Trindade levantou-se e, num minuto, dobrado sobre si mesmo, os pés firmes na laje, chegou aos fundos da igreja. Saiu no largo, entrou pela varanda, com ar despreocupado. Padre Couto não estava na sala, nem no quarto, nem na cozinha, onde a passarinhada, com o anúncio de chuva, se acalmara. Devia estar lá fora, mexendo ainda com as abelhas. Foi ver; estava.

— Venha cá, seu quadrúpede — chamou padre Couto, quando o viu aproximar-se. — Você ia me fazendo perder todo um cortiço.

Trindade olhou a nuvem de abelhas pojeris, jatis, uruçus — entrando e saindo, os caixotes pesados de favos de mel. Padre Couto, numa batina ruça e puída, que ele arregaçava e prendia à cintura, enfiava a mão no ninho das abelhas, visível pela parede de vidro.

— Estas pretinhas são trabalhadeiras, fazem boa cera — disse padre Couto, sem se importar com as abelhas que lhe pousavam na mão.

— Ai — disse Trindade, levando a mão ao olho, onde acabava de ser picado.

— Fosse o abelheiro que tem de ser, para me ajudar, elas já não estavam mais picando você — disse padre Couto.

Trindade afastou-se com a mão no olho, em direção à cozinha.

— Tire o ferrão — disse o vigário, indiferente. — E passe um pouco de cachaça no lugar.

Padre Couto sorria. As abelhas nunca o picavam. Tinham instinto bastante para conhecer as pessoas que não deviam ferroar. Amigo das abelhas, o padre passava horas esquecido no seu convívio.

Trindade entrou na cozinha e deu com a Felícia fazendo o jantar.

— Me apanha aqui um pedaço dessa linguiça — disse ela, assim que viu Trindade. O menino subiu no tamborete e agarrou um pedaço da linguiça de porco pendurada na corda em cima do fogão.

— Não sei como os ratos não deram nessa linguiça — disse Trindade.

Os ratos, agora mais numerosos do que nunca, estavam por toda a casa, passeavam pela igreja e à noite se reuniam na cozinha: corriam de um canto a outro, caíam com um baque surdo da mesa ao chão, ou subiam pelo cano de água quente que sumia por trás do teto de ripas.

— Agora vai tudo morrer — disse Felícia. — Seu vigário espalhou um remédio aí que é só comer e esticar a canela.

— Felícia — disse Trindade —, uma abelha picou meu olho e já está inchando.

— Remédio para isso é fumo — disse Felícia. — E tirou do bolso do avental encardido um pedaço de fumo de rolo e começou a mascá-lo com muita saliva. Depois esfregou-o no olho de Trindade, em cima da ferroada.

— Meu filho, onde anda o vigário?

Meu filho. A preta velha tinha a mania de chamá-lo de meu filho. Sua mãe — pensou Trindade — talvez se parecesse com Felícia. Uma pobre mulata bêbada vinda da fazenda do coronel Justiniano. Uma noite saiu e não voltou: foi encontrada morta de madrugada, no adro da igreja. Trindade tinha três anos quando a mãe morreu. Muita beata sussurrou que era bem feito, que ela pagava os pecados que cometera. E toda gente via Trindade com maus olhos — um filho sem pai:

— É filho do Tinhoso, obra do Cão.

Padre Couto sabia da maledicência. Aninha, a mãe de Trindade, servira-o por muitos anos, lavando, cozinhando, arrumando a casa paroquial e cuidando da igreja. De vez em quando, invernava na bebida. Padre Couto ficou com o menino, para fazer dele um homem. Mas Trindade não tinha queda para o estudo. Por muito favor aprendeu ajudar à missa, enrolava o latinório, confundia as respostas. Não servia nem para coroinha. Quantas vezes já tinha deixado apagar-se a lâmpada do Santíssimo?

— Esse quadrúpede não tem alma de cristão — dizia o padre.

Em vão o vigário esperava que o menino melhorasse. Trindade vinha piorando cada vez mais. Padre Couto se arrependia de ter ficado com a cria de Aninha. Devia ter mandado o menino para um orfanato. Mas era o padrinho de Trindade. Inventara-lhe até o nome, José Trindade, porque nasceu na vigília da Santíssima Trindade.

— Estão chamando lá na frente — disse Felícia, afiando o ouvido.

Alguém batia palmas na varanda. Trindade foi ver quem era. Pedido de viático não havia de ser, não sabia de nenhum agonizante naquele dia. Podia ser alguma beata com um presente para o vigário: galinha assada, bolo quentinho, queijo recém-chegado de uma fazenda vizinha. Antes de abrir a porta, espiou pela vidraça. As palmas estrugiam mais fortes. Era dona Carlota, a mulher do doutor Silvino. Na certa vinha se queixar da janela quebrada. Trindade deu meia-volta, enveredou pela sala e saiu no corredor que ia dar na sacristia.

Já era hora de abrir as portas da matriz. Diante do altar-mor — Nossa Senhora das Graças, as mãos espalmadas com feixes metálicos — lançou um olhar que era quase de súplica. Nossa Senhora das Graças: Trindade gostava daquela imagem, a cabeça delicada, o manto azul, o rosto rosado e os olhos muito limpos, mais vivos do que olhos de verdade.

Atravessou a igreja pensando na mulher do médico, que já devia estar falando com o padre. O vigário nem queria saber o que é que houvera: se uma vidraça tinha sido partida, Trindade devia pagar pelo malfeito. A vara de marmelo iria cantar no seu lombo.

— Filho de padre é a mãe — resmungou Trindade abrindo a porta pesada da igreja.

Voltou até o meio da matriz, sem saber que rumo tomar. Sentado num banco, olhou o rico lustre brilhante, depois o teto com o painel da criação do homem. Adão e Eva eram filhos de Deus. Todo mundo era filho de Deus. Os meninos todos tinham pai e mãe. O sol esplendia nos vitrais, mas uma parte da igreja permanecia vazia, sem ninguém, na penumbra. Adornos retorcidos, brancos e dourados, complicavam-se nos altares laterais, até a multidão de arabescos e ornatos do altar--mor. Santos e anjos entulhavam os altares. Trindade não se lembrara de tocar o sino, mas nem por isso as beatas deixariam de aparecer. Daí a pouco uma velha entrou arrastando os pés. Tossiu com espalhafato. Trindade deu a volta pelo adro e foi esconder-se nos fundos da casa paroquial. Um vento empoeirado fazia voar folhas e papéis. A chuva ia ser pesada.

— Que história é essa de quebrar a vidraça do doutor Silvino? — perguntou o padre Couto, com uma voz que se esforçava por ser enfurecida.

— O filho dele me xingou — disse Trindade, acabando de entrar.

— Pois se você quebrou a vidraça dele.

— Me xingou antes... — ia dizendo Trindade, mas padre Couto interrompeu-o:

— Levante as mãos para o céu, que hoje você ainda vai ser poupado. Amanhã depois da missa, o senhor me traga uma vara bem boa para o que carece e merece.

Felícia passou com as travessas para a sala de jantar. O padre persignou-se, assentou-se e jantou em silêncio. Na cozinha, sentado no degrau da porta, Trindade comeu mal.

— Já tocou para a bênção? — perguntou padre Couto, depois do jantar.

Trindade saiu pelo corredor até a sacristia, entrou na igreja, atravessou a nave até a entrada. À direita, a escada em caracol para a torre. Subiu alguns degraus e puxou a corda que prendia o badalo do sino menor. As badaladas ecoaram rápidas pelo largo que o vento varria agora furiosamente. Trindade voltou à sacristia, abriu o gavetão da cômoda de jacarandá onde se guardavam as vestes talares. Da cruz negra, na parede defronte, pendia um Cristo de joelhos e mãos a sangrar. Quando Trindade puxou a gaveta emperrada, um rato atravessou a sacristia e sumiu no buraco do rodapé podre. Bem junto da cômoda, viu o pires com trigo roxo, inútil. Apanhou a batina velha, várias vezes remendada, e vestiu-a por cima da roupa. A calça era da mesma fazenda, aproveitada de uma velha batina do vigário. Filho de padre... Enfiou o roquete rendado pela cabeça. Abriu depois o gavetão maior e pôs em cima da cômoda a casula, a estola e os demais paramentos do padre. Por baixo da mesa de pés torneados, estava o turíbulo. Encheu-o de incenso e foi buscar umas brasas na cozinha. No corredor, cruzou com o padre, que nem o olhou. Quando voltou, o vigário paramentado se dirigia ao altar. Trindade acendeu as velas, o padre abriu o tabernáculo. Duas dezenas de fiéis se espalhavam ralamente pelos bancos. Muita beata ficou em casa, com medo da chuva. A fumaça do incenso invadiu a capela-mor, espalhou-se pela nave, impregnou a igreja. No coro, dona Cora, a solista, tossia, inquieta, aguardando o momento de cantar.

Terminada a bênção, padre Couto recolheu-se rápido à sacristia. Não rezou o terço naquela noite. Junto dele, Trindade despia desajeitado a sobrepeliz.

— Seu bronco — rosnou o padre entre dentes.

Trindade tirou o roquete e a batina, fechou os gavetões da cômoda e voltou ao recinto da matriz. A noite tinha invadido a igreja. Trindade acendeu a luz e, no altar-mor, trocou o pavio da lâmpada de azeite. Duas velhas de xale nos ombros cochichavam orações e não davam sinal de sair. Trindade bateu com o missal no genuflexório mais próximo. Afinal as velhas se retiraram, trôpegas, amaldiçoando o coroinha, alma de herege.

Trindade se refugiou no seu quarto, depois da cozinha, junto à despensa para o grosso dos mantimentos. Quando a chuva caísse, queria estar dormindo. Mas o tempo passava, e Trindade não dormia. O silêncio só era perturbado pela rataria, em algazarra na despensa e na cozinha. Gordas ratazanas, chiando de prazer, devoravam o milho que o vigário armazenava na despensa. Lá fora, os relâmpagos cortavam a noite escura. Os lençóis encardidos de Trindade cheiravam a desinfetante. E fazia calor no cubículo abafado.

— Trindade — a voz do padre Couto chegava até ele quase apagada. Na despensa, os ratos por um momento se calaram. Vinham vindo passos pela sala, pela cozinha, pelo pequeno corredor, até parar diante da porta: — Trindade.

Não respondeu. O vigário irritou-se:

— Está dormindo, animal?

Trindade levantou-se, destrancou a porta.

— Vem fazer o chá — e padre Couto retirou-se.

Trindade enfiou as calças por cima da camisola de dormir. Chá forte e café amargoso: conhecia o gosto do vigário. O café era torrado em casa, depois passado no pequeno moinho preso à mesa da cozinha. O chá era presente de fazendeiros. Tinha de acender o fogo. Soprou uns restos de brasas, juntou uns cavacos secos, atiçou as fagulhas com o abanador e botou três achas de lenha para alimentar o fogo. Na sala, o padre tossia e escarrava com estardalhaço. Os relâmpagos lá fora pareciam mais distantes e os trovões agora eram quase imperceptíveis.

Pôs a água para ferver e sentou-se no tamborete, os cotovelos fincados nos joelhos. O fogo crepitava. Um rato apontou a cabeça junto da porta, parou um instante e desapareceu correndo.

— Anda com isso — chamou padre Couto lá da sala.

O desejo de Trindade era demorar sempre mais, era não fazer o chá. Não servir ao vigário caduco, que acompanhava no altar, na mesa de refeições, no trabalho do pomar e na criação das abelhas. Sempre o padre Couto, padre Couto por toda parte e a toda hora. Filho de padre. No dia seguinte, depois da missa, a surra de vara de marmelo. Quando o padre Couto prometia, por nada deste mundo deixava de cumprir.

O vento lá fora de novo começou a soprar mais forte. Um

trovão ribombou dentro da cozinha. Um pedaço de calha batia na parede monotonamente. A chuva começou a cair. Trindade acabou o chá e, quando ia encher o bule, tropeçou num pires no chão. Era o pires com o trigo roxo. O veneno não dava cabo dos ratos, espertos, roendo o milho da despensa.

— Anda ligeiro — implorou o padre, acometido de novo acesso de tosse.

Trindade parou, a bandeja na mão: o chá, a xícara, o açúcar. Abaixou-se com cuidado e apanhou o pires com o trigo roxo. Como se a decisão já tivesse nascido há muito dentro dele, prolongou o movimento e derramou o veneno na xícara de chá. Apressou o passo, para a sala. Padre Couto cochilava na cadeira de balanço. Aberto, no colo, o breviário.

— Padrinho, olha o chá. — Trindade aproximou-se.

Sua voz era tranquila. Padre Couto serviu-se, tomou a xícara nas mãos, aspirou por um momento o aroma do chá, depois sorveu-o a grandes goles.

— Que diabo você meteu neste chá?

— Nada. Chá.

Trindade retirou-se. Padre Couto recostou-se na cadeira de balanço, a xícara nas mãos. Sua tosse ecoou por toda a casa — tossia pela última vez. Trindade foi até o adro e aí contornou a igreja, entrou no cemitério. Chovia agora pesadamente. Trindade desceu a laje molhada sem escorregar, passou pela caverna onde estivera à tarde e continuou até alcançar a Boca do Inferno. O vento fazia gemer o bambual fustigado pela chuva. Ao entrar na gruta escura, tinha a roupa ensopada. No lombo da laje, a chuva estalava com vontade o seu chicote. Agachado lá dentro, Trindade entrevia os relâmpagos cortarem a noite, enquanto a trovoada desdobrava ecos que as montanhas pouco a pouco ensurdeciam. Alguma coisa, coisa viva, tocou-lhe o pé. Talvez um lagarto, assustado pela tempestade.

Nos cantos da Boca do Inferno, como se a quisessem isolar do temporal que rugia lá fora, aranhas fiavam em silêncio a mais frágil cortina que jamais se teceu sobre a terra.

DOIS IRMÃOS

— Não sei a quem esse menino saiu — exclamava a mãe com desalento.

Gílson ficava pensando: a quem é que ele tinha saído? O pai era diferente; a mãe também. A árvore boa dá bons frutos. Uma vez tinha ouvido essa frase no colégio. Poucos dias depois, por coincidência, a professora de catecismo disse a mesma coisa. Escreveu no quadro-negro: a árvore boa dá bons frutos. Gílson tomou a frase para si e, triste, ficou pensando. A árvore boa: a mãe comungava todo dia, saía cedinho, com o dia escuro, para a missa na capela das freiras, quando voltava todo mundo ainda estava dormindo. O pai era um homem reto e piedoso. Que mais se podia pedir a um pai? O próprio bispo, quando passava pela cidade, em visita pastoral, ia sempre visitá-lo. Tomava lanche com a família modelar. O pai e a mãe eram santos, uma boa árvore. Mauro tinha sido um bom fruto. Era o mais velho dos cinco irmãos. Era muito importante ser o mais velho. Mauro era exemplo para os irmãos, inclusive para Gílson, tão diferente.

— Irmãos só no sangue: um não tem nada do outro.

Gílson sabia que Mauro era diferente. Muitas vezes tinha comprovado essa diferença. Apenas um ano e meio mais velho, parecia muito mais. No juízo pelo menos, parecia muito mais. Aos cinco anos, podia fazer a primeira comunhão. Tinha a doutrina na ponta da língua e, no comportamento, era o que todos reconheciam: um verdadeiro homenzinho. Mas a mãe achou melhor esperar um pouco mais, e os dois irmãos acabaram fazendo a primeira comunhão juntos. Mauro tinha oito anos. Nunca perdia uma lição de catecismo. No entanto, nem precisava mais das aulas; sabia de cor as orações, respondia, de trás para diante, a todas as perguntas do livrinho.

— És cristão?

— Sim, sou cristão pela graça de Deus.

As aulas na matriz eram no domingo. Às vezes, o vigário comparecia, para ver o adiantamento dos meninos, fazia uma preleção com voz doce e um sorriso nos lábios, todos os meninos deviam ser muito obedientes. E distribuía santinhos entre os mais comportados. Mauro sempre ganhava um. Gílson não; era diferente. Não gostava da professora, não gostava da voz meio fanhosa da professora, que usava um vestido muito feio, como um camisolão sem cintura. Tinha uns fios de barba no rosto. Um dia, Gílson perguntou ao irmão se não sentia na cara a barba da professora, quando ela o afagava, beijando-o e apertando-o nos braços.

— Que barba? Mulher não tem barba.

Mauro nunca tinha reparado na cara da professora. Não reparava em nada. Era um bom fruto. Ia sem se queixar para o catecismo, todo domingo. E só ia para acompanhar Gílson, que ainda não tinha aprendido as lições. Também, a hora do catecismo coincidia com a do cinema onde a molecada ia ver o filme de caubói seguido da fita em série. Depois do almoço (quase sempre tinha carne de porco e pastel), a aula na matriz ficava ainda mais enfadonha. Fazia calor. O sol penetrava pelas janelas muito altas e ia refletir-se na parede pintada com uma porção de figuras da Bíblia, figuras barbudas, de túnica, como a própria figura de Deus, que era mais barbuda do que qualquer outra. Do outro lado da matriz, chegavam os ecos do coro das meninas. As meninas aprendiam os hinos religiosos e cantavam com tanto entusiasmo que às vezes a professora tinha de pedir para gritarem menos. Os meninos só cantavam no fim da aula de catecismo. A professora puxava o coro: "Queremos Deus que é nosso Pai,/ Queremos Deus que é nosso Rei".

Os ajuizados, como Mauro, cantavam entoado e começavam imediatamente. Outros, como Gílson, entravam atrasados e até ficavam de boca fechada, ou cantavam com voz esganiçada, para sobressair entre todas e provocar risos. Gílson, na verdade, tinha vergonha de cantar. O irmão era até solista, de boca aberta, todo empertigado, com o terno muito bem assentado no corpo.

Um dia, estavam passando em frente à sorveteria. Mauro ia mais adiante, não percebeu imediatamente que Gílson parou. Depois olhou para trás (estava todo penteadinho, com o livro na mão, as meias esticadas até o meio das canelas):

— Anda, Gílson.

Gílson tinha, por enquanto, apenas vontade de tomar sorvete. O sorvete de creme era ótimo.

— Eu hoje não vou ao catecismo — disse, e ele mesmo estranhou sua decisão, nascida tão de repente.

Mauro aproximou-se em silêncio, com ar incrédulo,

esperou alguns momentos, puxou-o pelo braço. Mas Gílson falava sério:

— Pode ir sozinho, que eu não vou.

Mauro ficou olhando surpreso, mas tranquilo. Gílson não fez caso, sentou-se e pediu o sorvete.

— Vou tomar sorvete, depois vou à matinê.

Mauro fez um muxoxo de desagrado, esperou mais um pouco e, sem dizer palavra, acabou indo embora. Era a primeira vez que Gílson se sentava sozinho na sorveteria. Dava gosto, mas também dava um certo medo, como se o garçom fosse recusar servi-lo porque estava matando a lição de catecismo. O sorvete de creme doía no céu da boca e na garganta. Gílson tomava-o depressa. O cinema devia começar daí a pouco. Ainda tinha dinheiro para um saco de pipoca. Quando chegou, estava na horinha. A meninada vaiava sem razão, todos batiam com o assento das cadeiras, ou pateavam o assoalho. Todos tinham a mesma necessidade de fazer barulho.

— Tá na hora. Tá na hora — o grito começava tímido, se avolumava aos poucos, enchia a sala.

Afinal, a sessão começou. Durante a fita, alguns diziam piadas em voz alta, seguidas de risos, mas nem sempre se entendia por quê. Muitos assobiavam. A cada parte, a luz se acendia e o vozerio recomeçava. Baleiros e pipoqueiros cruzavam o cinema de uma ponta a outra. Gílson não tinha mais dinheiro para comprar bala, nem coragem para assobiar ou gritar, como os outros. A barulhada parecia dar mais emoção à fita, sobretudo no momento em que o mocinho enfrentava os bandidos. Depois veio a série. Passavam dois episódios cada domingo. Gílson se apertava na cadeira, comprimia as pernas, torcia com entusiasmo. Era uma história de índios, com belos cavalos. Mas não se ouvia o galope dos cavalos, nada se ouvia por causa da assuada. A gritaria aumentava quando a porta se abria e deixava passar uma faixa de luz lá de fora.

O sol, na rua, cegava, quando Gílson deixou o cinema, empurrado por outros meninos que queriam sair ao mesmo tempo. Não era o mesmo sol de quando deixara o irmão. O sol fulvo e metálico, de cobre, indicava que devia ter passado muito tempo.

— Gílson.

Ia caminhando na calçada da sorveteria quando ouviu o chamado de Mauro, que vinha correndo. Tinha-o esperado na porta do cinema, mas não se viram, por causa do atropelo em que saiu a garotada.

— Você foi ao catecismo?

Mauro mostrou o tercinho de contas brancas que tinha ganho. Certamente tinha acertado alguma resposta mais difícil e dera um quinau em toda a turma. Também podia ser que tivesse trocado o terço pelos "bons pontos". Em cada aula ganhava um, de acordo com o aproveitamento. Os mais assíduos e estudiosos podiam trocar depressa os "bons pontos".

Os dois irmãos foram andando. Será que a professora não tinha perguntado por Gílson? Mauro não mentia, devia ter passado um mau pedaço para explicar a ausência do irmão. Mas podia ser que a ausência tivesse passado despercebida. Mauro tinha os cabelos penteados como se tivesse saído de casa naquele momento. Gílson pensava agora na fita em série. Depois lembrou-se do terço do irmão. Bonito terço. Quis perguntar-lhe por que não preferira a imagem de Nossa Senhora, que era a prenda mais bonita da matriz. Estava logo na entrada da sacristia, no armário de porta de vidro onde se guardavam as prendas. Acabou não perguntando nada. Era melhor não falar no catecismo. Tinha receio de que o irmão contasse em casa que ele não tinha ido à aula.

Mauro, porém, não contou. Gílson não lhe tinha pedido nada; não achou jeito. E ficou espantado de não ter sido repreendido. Os dois irmãos chegaram naturalmente, como todo domingo. Na hora do lanche, com toda a família reunida, Gílson evitou olhar para o pai e para a mãe. Não suportaria ver a boa árvore. De relance, espiava o irmão mais velho, o bom fruto. Mauro comia tranquilamente; os outros também. A certa altura, dois dos irmãos mais novos trocaram pontapés por debaixo da mesa, numa rixa que ninguém vira começar.

— Meninos — disse o pai, sóbrio.

A briga parou, todos se calaram. O próprio ruído da louça e dos talheres ficou suspenso por um largo instante. Gílson olhou o pai de soslaio, o ambiente era cheio de ameaças. Se soubesse que tinha ido à matinê, que não tinha ido ao catecismo... Sentiu o corpo arrepiar-se. Talvez fosse arrependimento.

Tinha havido uma aula sobre arrependimento e a professora explicara o que é contrição perfeita. Gílson desconfiava que nunca tinha tido arrependimento. Aquele arrepio, agora, devia ser um bom sinal. Era não fazer mais, nunca mais faltar à aula de catecismo.

Mas no outro domingo foi a mesma coisa. A tentação começou antes da sorveteria. Lá chegando, Gílson pediu a Mauro que esperasse. Ia só tomar um sorvete de creme. Mauro esperou, não quis tomar nada, estava fora de hora. O sorvete parecia mais gelado, doía mais no céu da boca.

O almoço ronronava no estômago, mas o sorvete era bom assim mesmo. Acabado o sorvete, Gílson foi para o cinema, Mauro esperou à toa. Não combinaram o encontro, mas Mauro aguardava Gílson na saída do cinema, em silêncio. Nada disseram.

À noite, Gílson acordou vomitando. O pai e a mãe quiseram saber se ele tinha comido alguma coisa na rua. Disse que não.

— Mentir é um ato feio. Diga a verdade.

O pai o olhava nos olhos, tinha certeza de que ele mentia. Mas Gílson não deu o braço a torcer e, bem no fundo de si mesmo, jurou esquecer que tinha tomado sorvete e comido pipoca, amendoim e muitos doces comprados perto do cinema. Descobrira um dinheiro trocado no fundo de uma gaveta.

— Não comeu nada na rua?

Tinha começado a vomitar na cama e, no vômito, apareciam pedaços de amendoim. O pai acordou Mauro, perguntou-lhe se

Gílson tinha feito alguma extravagância. Gílson ficou frio, estava perdido. O enjoo no estômago aumentou. Teria que dizer que mentira, teria que confessar que não fora ao catecismo, mas ao cinema, teria que começar tudo de novo, estava desmascarado. Doía demais a expectativa, talvez já fosse o arrependimento, era agora preciso prometer que nunca mais faria coisas tão feias.

— Seu irmão comeu alguma coisa na rua?

Mauro talvez já estivesse acordado, a resposta não tardou:

— Não.
— Nada?
— Nada.

O suor frio passou. Foi ao banheiro. Tomou o remédio que a mãe lhe estendeu e meteu-se debaixo do cobertor, cheirando a vômito. A noite estava fria. O pai pigarreou, baixou a vidraça, apagou a luz e saiu. Verificou, nos outros quartos, se os irmãos menores dormiam bem, pigarreou outras vezes. A casa ficou de novo em silêncio. Distante, cada vez mais distante, ecoava o tique-taque do relógio da sala de jantar. Alguém passou lá fora, na calçada, com passadas fortes. Daí a pouco chegaria o leiteiro, com o ruído de sua carrocinha e das garrafas de leite. Gílson dormiu de novo.

— Ah, que menino sonso. Não sei a quem saiu esse menino.

No dia seguinte descobriram a trapaça. Gílson ficou com fama de santinho do pau oco.

— A hipocrisia é um pecado grave — sentenciou o pai.

O castigo foi justo. Seis bolos para cada domingo sem catecismo. Quatro domingos, duas dúzias de bolos, aplicados em duas vezes. Duas vezes as mãos incharam. A mãe aprovou a punição. Mauro, por ter colaborado na mentira, teve de copiar cem vezes uma frase comprida sobre o falso dever de solidariedade, que encobre a falta alheia. Gílson teve pena do irmão, mas nada lhe disse.

Compensando as quatro gazetas, Gílson teve aulas suplementares de catecismo. Em poucas semanas, estava preparado para a primeira comunhão. Era uma festa para a família. As advertências eram comuns, partiam de várias pessoas: um menino que vai comungar não pode fazer isto, não faz mais aquilo, procede assim e não assim. Na véspera, foi confessar-se. Era sábado. A confissão foi marcada para de tarde — sua primeira decepção. Esperava que fosse de noite, para o sacramento ficar mais importante, mais solene. De dia, com toda aquela luz de sábado, era difícil pensar nos pecados, arrepender-se de ter ido à matinê em vez de ir ao catecismo. O padre, por conta da confissão dos meninos que iam comungar pela primeira vez, ficava na sacristia. Gílson tinha feito, mentalmente, uma lista de pecados, mas temia esquecê-los. Leu, com desagrado, no livrinho, algumas perguntas incômodas: mentiu alguma vez? Lembrou-se do sorvete de creme. Mentira. Mauro também mentira, dizendo que o irmão não tinha comido na rua. Agora, era preciso arrepender-se. As perguntas do livrinho não eram bem as que Gílson desejava que lhe fizessem. Não desejava que lhe perguntassem nada. Ele próprio gostaria de se interrogar, mas não sabia por onde começar, distraía-se com um pormenor do pecado, esquecia o pecado, ficava a lembrança, às vezes até boa, Deus o livre. Sem contrição perfeita a confissão não adiantaria. O sol iluminava a parede cheia de figuras barbudas, bíblicas. Os santos varões do Senhor nasceram e viveram para louvar e amar a Deus. Que é a graça santificante? Deus castiga os pecadores. Quem morre em pecado mortal vai para o inferno. Um só pecado mortal conduz ao inferno para sempre. Para sempre. A eternidade não tem começo nem fim. A pequena preleção de hoje é sobre o espírito de sacrifício. O padre falava com voz doce e tinha um sorriso permanente nos lábios, mas estava falando do espírito de sacrifício. Quais as três condições para haver um pecado mortal? Quem acertar ganha um santinho. O sol atrapalhava o arrependimento perfeito. De noite seria mais fácil. Agora, a igreja parecia uma casa, tinha um ar familiar — e devia ser completamente diferente no dia da primeira comunhão.

Gílson ajoelhou-se no genuflexório diante do confessionário. Levava o eu-pecador na ponta da língua, mas as palavras não saíam em ordem. Por mais que se esforçasse, voltava sempre à mesma frase inicial: "Eu pecador me confesso a Deus Todo-Poderoso". O padre aguardava pacientemente, com a cabeça inclinada, sem olhar o menino. Se quisesse, poderia olhá-lo, veria logo que aquele era o Gílson, o que tinha faltado às aulas de catecismo para ir ao cinema. Mauro já tinha se confessado, certamente não contou nenhum pecado grave, o bom fruto não peca mortal.

— O que há, meu filho?

O tom carinhoso do padre confundiu-o ainda mais. Veio um nó na garganta, era indigno de tanto carinho, tanta paciência para quem não sabia sequer rezar o eu-pecador. O padre estava agora perguntando quais eram os seus pecados. A confissão era ajudada, empurrada pelo confessor. Gílson não tinha rezado o eu-pecador inteiro, valeria assim mesmo a confissão? Respondia com dificuldade, depois de cada resposta esperava nova pergunta do padre. Nunca sabia quantas vezes, tinha ideia de que nunca fizera outra coisa, passava o tempo cometendo pecado, pecado por omissão, palavras e obras. A confissão parecia demorar muito, certamente os outros meninos estavam notando que Gílson se demorava no confessionário, cheio de pecados para contar. Mas quando se levantou, percebeu que tinha passado depressa demais. Era como se não tivesse havido confissão. Tudo continuava na mesma. O sol iluminava, mais alto, as figuras barbudas da parede. Não soube rezar o senhor-meu-jesus-cristo, foi preciso o padre ir dizendo para que ele repetisse palavra por palavra. Deixou a sacristia apressado, na porta um menino ria sem razão. Não viu quem o substituiu no confessionário, foi depressa para a capela-mor, ajoelhou-se bem defronte do altar. Jesus Cristo pregado na cruz, Jesus Cristo morreu por nós, Jesus Cristo está presente na eucaristia sob as espécies do pão e do vinho. A penitência tinha sido pequena demais: rezar dez ave-marias e cinco padre-nossos. Estava perdoado, louvado seja Nosso Senhor Jesus Cristo. Para sempre seja louvado. O padre ouvira a confissão sem se zangar. Os pecados não pareciam irritá-lo, ouvia com paciência, quase com carinho.

No dia seguinte, domingo, Gílson e Mauro se vestiram de branco. O terno muito bem engomadinho, com uma fita branca no braço. A fita no braço não lhe agradava. Na matriz, a impressão era de que todo mundo o observava: olhe, aquele menino vai fazer a primeira comunhão. Todo mundo aguardava a comunhão do pecador. O livro de orações era pequeno, com letras douradas muito bonitas. Gílson se distraía olhando as figuras dos santos, tão diferentes, tão antigos. Ao lado, no banco, estava Mauro. Mais ao lado, o pai e a mãe. Tios, primos, outros parentes tinham ido à missa e o espreitavam. Alguém consertou-lhe o laço de fita no braço. Estava chegando a hora da comunhão, o pai olhou significativamente. Gílson levantou-se, tomou o lugar na fila dos meninos. O padre vinha rapidamente até bem perto.

— *Dominus*.

Ouvia-se a voz do padre ressoando por toda a igreja. No entanto, falava baixo. Mauro comungou primeiro. Levantou-se, de mãos postas retomou o lugar no banco. Tinha os olhos baixos, quase fechados, devia estar sendo guiado por um anjo. Gílson comungou depois. Teve curiosidade de olhar as pessoas em torno, quando voltava ao banco, olhou. Sentia na boca o gosto da hóstia, igual à hóstia sem consagrar que tomara na véspera, como ensaio para a comunhão. O milagre da eucaristia. Jesus Cristo ia habitar seu peito, estava na boca, no céu da boca, na garganta. Gílson se esforçava por engolir a hóstia sem dar a perceber. Baixou a cabeça, veio-lhe uma espécie de vertigem, que era boa, impedia de rezar, mas não deixava pensar em nada. Depois esfregou os olhos, abriu o livrinho de orações. As letras douradas eram bonitas. O canto, que vinha do coro, falava em crianças e Menino Jesus. Dez ave-marias e cinco padre-nossos, era bom repetir a penitência. Gílson rezava atropeladamente. Não tinha certeza se a tinha rezado na véspera.

No adro da igreja, os meninos foram muito abraçados. Sempre havia alguém para consertar o laço de fita no braço. Gílson acabou por tirá-lo, a mãe chamou-lhe a atenção.

— Olhe Mauro.

As tias falavam muito:

— Agora é um santinho. Tem de ser obediente para o Menino Jesus viver com você.

Na hora do café, em casa, a comunhão tinha sido esquecida, ninguém lhe fazia mais recomendações. Havia um chocolate fumegante e grosso, com o pão de ló de que as crianças mais gostavam. Havia um ar de festa na casa. Daí a pouco chegou um quadro com uma Nossa Senhora segurando um ramo de flores. Lembrança da primeira comunhão do Gílson. O quadro de Mauro era diferente. Devia ser mais caro.

Presente da professora de catecismo. A professora gostava mais dele, era o mais aplicado.

Houve muitas outras comunhões. Não houve mais chocolate e ar de festa. Mas o café era sempre gostoso, de volta da igreja. As confissões se repetiam, Gílson sempre tropeçava no eu-pecador e no senhor-meu-jesus-cristo, às vezes o padre ficava impaciente. Os pecados eram os mesmos, os conselhos também. O importante era arrepender-se, contrição perfeita. Era difícil a contrição perfeita. Depois da missa a manhã era clara, com um sol que não queimava. No tempo do frio, ia de capa, a capa escondia as mãos postas na hora da comunhão. Saía da igreja pondo fumaça pela boca. O pior era levantar-se cedinho, com o dia meio escuro, para a missa. A volta para casa era boa. O café tinha um hálito quente, os meninos tinham comungado, agora tomavam café alegremente. Tomavam café santamente. O pai presidia, a mãe fiscalizava.

Três anos depois da primeira comunhão, Mauro morreu. Era o melhor da família, o mais bem-comportado. Não resistiu ao crupe. Morreu em poucas horas. Os irmãos foram levados para a casa da avó. Pela manhã, antes do café, uma tia chamou Gílson ao banheiro e trancou a porta.

— Olhe, meu filho — disse ela.

E fez um longo silêncio, enquanto olhava pela janela. O banheiro estava frio. Gílson mal se tinha vestido, nem tinha ainda escovado os dentes.

— Deus chama os meninos santos para junto d'Ele — disse a tia abruptamente.

Gílson começou a chorar imediatamente. Sentiu que Mauro estava em jogo, encheu-se de temor, mas não compreendeu logo que o irmão tivesse morrido. Tinha medo do que a tia ia dizer, como se a notícia fosse a seu próprio respeito, não a respeito de Mauro. Como se Deus o estivesse chamando, a ele Gílson, que não era santo, para junto d'Ele, para morrer.

— Seu irmãozinho morreu esta noite — completou a tia. Enxugou uma lágrima inexistente, assoou o nariz e se estendeu numa série de recomendações que Gílson não conseguia ouvir direito. Chorava, e chorando tinha vontade de chorar mais. Foi erguendo a voz, em pouco chorava gritado, numa espécie de uivo que o assustava, que ele queria parar e não parava.

Antes de sair o enterro, o pai suspendeu-o pelos cotovelos para que visse Mauro morto. Tinha o rosto parado, os olhos entreabertos, a boca cerrada como se apertasse os dentes. As flores cobriam-lhe o corpo, mas as mãos ficavam de fora. Nas mãos postas, o terço de continhas brancas. O melhor aluno do catecismo tinha morrido. A mãe, ao pé do caixão, soluçava. Ora tapava a boca com o lenço, ora cobria o rosto com as mãos. Gílson tinha chorado muito de manhã. Agora, que precisava chorar, não conseguia. Olhava o rosto parado do irmão e permanecia impassível. A sala estava abafada, algumas pessoas conversavam em voz baixa. Às vezes, a mãe soluçava mais alto e mais longo. O pai não ficava todo o tempo na sala. Recolhia-se, sóbrio, de cara amarrada. De vez em quando se aproximava do caixão, passava a mão na testa de Mauro, ajeitava-lhe os cabelos, apertava com suas mãos quentes as mãos frias do filho. Depois desaparecia.

— Você agora tem de ser muito bonzinho — disse-lhe a mãe, depois do enterro.

O pai também o chamou para junto da cadeira em que se atirara, esgotado:

— Você é o mais velho agora. Vai seguir o exemplo de Mauro, vai dar bom exemplo a seus irmãos menores. Mauro está no céu.

À noite, custou a dormir. Um cheiro de flores impregnava a casa. Gílson foi mudado de quarto. Abriu o livrinho de orações e começou a ler. O livrinho não falava do irmão, nem da morte do irmão. Tinha as letras douradas e as caras dos santos, antigos. Ficou pensando em Mauro, voltou a vontade de chorar, mas era também medo, porque estava agora sozinho no quarto. Acabou dormindo de olhos secos, mas o sono foi tranquilo. Acordou de madrugada. Não ouvia nenhum ruído. Só o tique-taque do relógio na sala de jantar. Gílson encolheu-se na cama, puxou o cobertor, com medo. Medo de Mauro. Morto, Mauro fazia-lhe medo. Os mortos têm um rosto parado.

Nos dias e noites seguintes, a lembrança de Mauro foi constante. Depois foi rareando. A vida continuava, havia as aulas, as férias voltaram, havia uma nova fita em série na quinta-feira.

Mas o pai e a mãe não esqueciam o filho morto. Não ralhavam sem referir-se a Mauro. Era o exemplo, o anjinho que Deus tinha levado para o céu.

— Não sei a quem esse menino saiu — exclamava a mãe, com desalento.

Todos concordavam que Gílson era endiabrado. Não tinha saído ao irmão, nem ao pai, nem à mãe. Quase sempre precisava ser castigado. Os castigos eram justos. Os irmãos menores eram dóceis, mais fáceis de educar. Mauro tinha sido uma flor. A morte de Mauro deixara-o mais diferente e mais só. Quase não conversava em casa. Tinha agora onze anos. No colégio, conversava sobretudo com dois colegas mais chegados, mas o pai já estava informado de que eram os piores da turma. Gílson tinha aprendido muitas coisas. Um dia, um colega afastou-o do grupo:

— Vá embora. Você é inocente.

Não era, protestou, não queria ser humilhado. Então foi admitido. Passou a sentir-se melhor no colégio do que em casa. O pai o olhava com desconfiança, a mãe reclamava. De vez em quando, mandavam-no contemplar o retrato de Mauro, na sala de visitas.

— Vá ver se aproveita o exemplo.

Estava ficando cada vez mais distante de Mauro — sabia disso. Era pior do que o pai e a mãe pensavam. No colégio, entretinha as piores conversas, fazia desenhos, juntava-se aos dois companheiros. Em casa, trancava-se no banheiro, ou no quarto. Roía as unhas, trazia as mãos sujas de tinta, rasgava a roupa com frequência. Os castigos também eram mais frequentes. Bolos, ou então era posto de joelhos até ficar com o corpo moído de cansaço. Não chorava, não pensava em nada, certamente não se arrependia, não contrição perfeita.

Uma vez por mês ia confessar-se. Mas não melhorava. No colégio, o padre explicava a necessidade de ser bom. Quem morre com pecado mortal vai para o inferno. Mauro tinha morrido em estado de graça, estava com os anjos no céu.

— Se fosse vivo, amanhã Mauro fazia treze anos — lembrou a mãe.

O pai decidiu comemorar a data. Todos comungariam por alma do irmão. À noite, Gílson, com dois irmãos, foi à matriz, para a confissão. Lembrou-se de Mauro como nunca, aquela confissão parecia comovê-lo mais do que qualquer outra. Ficou ajoelhado mais do que de costume, e não era de castigo. Lembrou-se da primeira comunhão, das aulas de catecismo, das fugas para a matinê. Mauro nunca o denunciara. Certamente era um santo, como Guy de Fongalland, que os meninos deviam invocar. Gílson pensou nos próprios pecados, envergonhado. Precisava dizer tudo ao padre? Prolongou a espera da confissão, até que um irmão veio chamá-lo: não havia mais ninguém. Gílson era o último. Foi. Como sempre, baralhou o eu-pecador, engasgou no senhor-meu-jesus-cristo. Dessa vez, o padre zangou-se:

— Não sabe rezar ainda?

Gílson tinha falado pela metade, com esforço. Não conseguia voltar-se para dentro de si mesmo, prestava atenção na respiração do padre, cheirando a fumo. Quantas vezes? Sentira-se mal, meio tonto. Os conselhos do padre foram longos, impacientes, devia falar alto demais, certamente as pessoas que estavam próximas ouviam tudo, a cidade inteira conhecia a vida do pecador. O pecador não sabia arrepender-se de seus pecados. Depois, esqueceu-se da penitência. Pensou em procurar o padre e perguntar-lhe, não teve coragem. Os irmãos tinham pressa, estavam à sua espera, foram todos para casa.

Em casa, na cama, Gílson pensava na confissão. Como iria comungar no dia seguinte? Pecados feios. Se morresse, iria para o inferno. Nunca mais veria Mauro, nem o pai, nem a mãe, nem ninguém. Fogo eterno, para sempre, para sempre. Sentiu medo, enxergou, através das lágrimas, a estampa de Nossa Senhora, na parede. Precisava arrepender-se, nunca mais pecar. Mauro devia ajudá-lo, era um santo. Foi quando surgiu a ideia daquele pedido a Nossa Senhora: que lhe devolvesse a inocência. Tinha vergonha de não ser mais inocente. Ao contrário do que sentia no colégio, junto dos companheiros, tinha vergonha. Que Nossa Senhora apagasse nele todas as sujeiras que tinha aprendido. Todas. Mais tarde, aprenderia de novo, de coração limpo. E seria um bom cristão. Podia ser padre, prometia ser padre, mas era preciso recuperar a inocência. Prometia ser santo, pelo menos tinha vontade de ser santo, não queria ir para o inferno.

Chamou por Mauro baixinho. Os justos queriam ver a Justiça brilhando: os pecadores no inferno, os santos no céu. Mauro estava no céu. O pai, a mãe, os irmãos iriam para o céu. Gílson era diferente, esquecia a penitência, enrolava o eu-pecador, não se arrependia dos pecados cometidos.

— Meu Deus, a quem esse menino saiu?

O demônio era dono de sua alma — devia ser isso. O demônio tinha seus escolhidos, como Deus tinha seus eleitos. A aula de religião, no colégio, explicava tudo claramente, mas Gílson vivia distraído, não estava atento às aulas de religião. Ia ao cinema, não ia ao catecismo. Suas comunhões eram sacrílegas, o padre o absolvia porque ignorava tudo — ninguém sabia, apenas desconfiavam quem era Gílson.

Antes de dormir, pediu a Nossa Senhora que lhe manifestasse, por um sinal, que iria salvá-lo. Que, por exemplo, mexesse o ramo que tinha na mão. Olhava fixamente para a estampa, Nossa Senhora também o olhava, mas nada. Adormeceu cansado, teve pesadelo com o inferno, Mauro queria ver a Justiça brilhando, não socorria o irmão condenado.

Estava num sono profundo quando o pai puxou o cobertor de sua cama. Levantou-se assustado, veio logo a lembrança da véspera. Tinha feito um pedido a Nossa Senhora. E uma promessa. Passou a mão nos olhos, tudo continuava na mesma. Sabia de tudo, sabia que não era um inocente. Ficou um pouco parado, depois saiu correndo, de pijama, para o banheiro, trancou-se por dentro. Precisava inventar uma desculpa para não ir à missa, não podia comungar. Toda a família ia comungar, ele não. Gílson tinha parte com o diabo.

— Esse menino anda com o diabo no corpo.

Abriu o armarinho em cima da pia. Não lhe ocorria qualquer desculpa. Pegou a navalha com que o pai, toda manhã, fazia a barba. Daí a pouco os irmãos viriam bater na porta, queriam aprontar-se, iam comungar. Se Mauro fosse vivo, faria treze anos. Treze anos inocentes. Estava no céu, tinha tido a melhor parte. Era preferível entrar no reino dos céus com um só olho do que ser lançado ao inferno com os dois. Era uma verdade feroz, ensinada com ferocidade pelo padre que dava a aula de religião. Sim, era preferível. O pecado devia ser extirpado.

Gílson abriu a navalha. Tinha a mão trêmula, mas não se sentia emocionado. Podia golpear com firmeza. Desabotoou a calça do pijama. Tinha vontade de urinar, mas não urinou.

— Gílson. Gílson.

A mãe o chamava, esmurrava, impaciente, a porta do banheiro. O sangue empapava a calça do pijama de Gílson, escorria por suas pernas, começava a tingir os ladrilhos do chão.

— Gílson.

A mãe ouviu qualquer coisa que lhe pareceu um soluço.

O PORÃO

O sol anunciava um dia diferente; era claro, tão claro, e desvendava todas as coisas do quarto, alegres e matinais. Era um sol de férias e Floriano sentia necessidade de ter pressa. Num minuto, enfiou a calça de alças e a blusa leve, saiu correndo, descalço, para o banheiro inundado de luz, em pouco estava na copa a que misteriosos ruídos comunicavam uma exaltação de vida nova, como se acabasse de ser pintada de novo. O sol coloria de luz, amarelo-canário, as paredes altas e lisas. Floriano engoliu voando o café com pão e manteiga e abalou-se para a rua, roendo um biscoito dormido, de passagem surripiado no guarda-comidas. Nada especialmente tinha a fazer na rua, que de tão luminosa emitia quase imperceptíveis vibrações. Tudo, postes, fios, casas, veículos, tudo estava lavado, escancarado. As pessoas que passavam, poucas, eram recortadas, com nitidez, dentro da luz. Floriano sentou-se no meio-fio da calçada e, com uma ponta de pau, ficou riscando o chão de terra. A rua, a ladeira em frente, a cidade espocava de luz à sua volta. Floriano era o centro do mundo e a montanha, lá longe, irisada, existia, imóvel e calma, para ser vista, limitava a cidade, dividia o mundo no lado de cá, conhecido, e no lado de lá, inexplorado, cheio de apelos e acenos.

O burrinho, a alguns passos, bufou, não de cansaço, mas de euforia pelo ar tão puro.

— Bom dia, menino — disse o verdureiro, ajeitando os enormes balaios de legumes que, atulhados, pendiam, um de cada lado, do lombo do animal. Uma brisa de pomar se desprendia do burrinho, de seu hálito, do verdureiro, de seu bom-dia. Floriano se levantou de um salto, foi certo onde estavam as mexericas, furtou duas, entrou correndo em casa e gritou para quem o quisesse ouvir:

— Verdureiro!

Saiu pela porta da cozinha, foi ter ao quintal e se dirigiu para o galinheiro. O galo interrompeu o seu canto de glória mal iniciado, bateu as asas sem ritmo e cacarejou um susto que se comunicou a todas as galinhas, de cabeça erguida, à espreita. Com um pontapé, Floriano arrancou uma galinha choca do ninho, agarrou um ovo carregado de piolhos, olhou-o contra a luz, cheirou-o, atirou-o, num movimento inesperado, contra o muro. O cheiro de podre era bom, sadio. Todas as galinhas entraram a cacarejar, em algazarra de medo. Floriano encantoou duas galinhas debaixo do poleiro cheirando a estrume e pena, pegou uma delas, apalpou-a com o dedo mindinho — não tinha ovo, atirou-a para o ar com violência. Pelo muro, galgou a coberta de zinco, sombreada de um lado, ensolarada de outro, toda polvilhada de folhas secas. As galinhas o esqueceram, uma voltou ao choco, duas ciscavam o chão, o galo anunciou a paz no seu império com um canto longo, desafiando a manhã.

— Duque, Duque!

O cachorro apontou do outro lado do pátio, no portão, e inspecionou o ambiente, de orelhas em pé. Ouviu o chamado do menino, reconheceu-o, mas não o descobriu logo, depois saiu correndo num zigue-zague dócil e alegre, aproximou-se abanando o rabo curto e ralo. Apoiou as patas dianteiras no muro, fixou o olhar suplicante em Floriano, aguardando ordens. O menino já tinha na mão um caco de garrafa, atirou-o certeiro no lombo do cachorro, que saiu correndo com um ganido, lá adiante parou, imóvel, depois, sustentando a cabeça nas patas dianteiras, começou uma série de gaiatices que eram um pedido de tréguas para se aproximar de novo, sem risco.

— Duque — disse Floriano, e o cachorro, interpretando na sua voz uma nova ameaça, saiu em carreira desabalada para trás da casa. O menino desprendeu-se de um salto da coberta e foi-lhe ao encalço, mas Duque já tinha alcançado a rua e desaparecera. Floriano tropeçou numa ponta de pedra, agarrou o dedão do pé com as duas mãos, veio andando a passos cautelosos até a entrada do porão. Lembrou-se da bicicleta, entrou. A claridade era tanta lá fora que aqui não enxergava quase nada. O porão era escuro, calmo e frio, ignorava a manhã. Uma brisa velha e leve, que não vinha lá de fora, circulava ali dentro, cheirando a chão batido, a madeira e a coisa abandonada. Às vezes, cheirava também a bicho, desprendia uma morrinha de coisa viva, pelo, rato, gambá, gata parida ou cachorro. O porão desconhecia o curso do sol, tinha uma luz, ou antes, tinha uma penumbra que era própria, sua o dia inteiro e, à noite, a treva o entulhava como coisa compacta, empilhada. Nas duas vezes que Floriano lá estivera, tentando desvendá-lo, de vela acesa na mão, o porão se encolhia, deixava de respirar o seu hálito frio, calava todos os seus pequenos estalidos familiares, não existia.

Floriano puxou a bicicleta para junto da porta de entrada, começou a tirar-lhe a roda traseira, que tinha o pneu furado. A chave de parafuso escapava, beliscava-lhe a mão, sobrevinha-lhe uma impaciência irritada, um desejo de vingar-se, de distribuir pontapés contra tudo, de quebrar a bicicleta com fúria, machucar-se, sangrar. Mas se continha, o suor gotejava no seu rosto — era tão fácil para os outros, para ele era difícil, impossível. Bicicleta, carrinho de pau, brinquedos mecânicos, papagaios — tudo o desafiava, os objetos eram inertes, hostis.

— Floriano.

A mãe o chamava, era hora do almoço. Apenas acabava de remendar a câmara de ar, não podia sair vencido, abandonar a bicicleta, mas a mãe insistia, chamava cada vez mais alto. Seu nome, gritado, aumentava-lhe a impaciência, irritava, dava também uma sensação de pânico. Almoçou com apetite, os olhos fixos na janela da copa, pensando em nada e absorto no mamoeiro, lá fora, nu e solitário, resplendente de luz.

Depois do almoço o dia estava dividido. O sol queimava, parado, nas coisas paradas, vencidas, sem a pulsação da manhã. As árvores, o beiral do telhado, tudo que estava de pé resistia com sofrimento, mas a alma das coisas se espichava na sombra que escorria pelo chão. Floriano atravessou o interior da casa, passou pelos quartos sem qualquer intuito, as salas, todos os móveis ressonavam quietos na penumbra serena de dentro de casa, bateu uma porta com força, e o estrondo da porta morreu num segundo, incomunicável. Na rua, as poucas pessoas que passavam tinham um ar cansado, vinham de nenhuma parte, iam para parte nenhuma. Encostado ao portal, Floriano insistia em chupar um caroço de manga. Foi andando pela calçada, atravessou a rua, parou na frente de uma casa baixa, de janelas azuis. Assobiou, ficou na expectativa, ninguém apareceu. Então gritou:

— Rudá.

O grito bateu contra a parede, caiu, as janelas azuis o espiavam com indiferença e calor.

— Rudá — gritou mais forte.

Uma voz partiu lá de dentro, mais alto do que seria necessário para ser ouvida:

— Já vai.

Sentou-se no meio-fio, de lado, à espera. Apertou o dedão do pé atingido pelo tropicão, descobriu, no tornozelo, um pequeno ferimento ressequido, começou a esgravatá-lo até apontar um filete de sangue. Na sarjeta, havia muitas pedras. Fez pontaria no poste em frente, atirou uma, errou; outra, acertou, o eco metálico morreu dentro do ar imóvel.

Nas suas costas, Rudá aparecia à porta, aberta ao meio em duas partes, como uma janela. Era um menino magro, grandes olhos assustados, orelhas cabanas, a boca ligeiramente aberta como se respirasse mal pelo nariz, e os dentes pequenos muito bem separados. Viu Floriano sentado logo adiante, Floriano não o tinha percebido ainda. Fechou a parte superior da porta, desapareceu por um instante, apareceu de novo, de corpo inteiro, os joelhos ossudos, os pés compridos e descarnados, enfiados em alpercatas. Tinha as calças muito curtas e apertadas, com os suspensórios cruzados em cima da pele, sem camisa. As costelas, visíveis, quase podiam ser contadas, uma a uma. Aproximou-se. Floriano, com um pau de fósforo, espremia um tatuzinho no chão, quando ia gritar de novo pelo companheiro percebeu sua presença, depois o viu e o examinou em silêncio. Tinha o cabelo cortado muito curto, as orelhas ficavam mais cabanas e a cara mais assustada.

— Por que você rapou o coco? — fez Floriano, com um meio gesto indicando-lhe o cabelo.

— Ei — saudou Rudá, e sentou-se junto de Floriano.

— Que é isso? — perguntou, apontando os riscos que Floriano traçara no chão.

— Nada — disse Floriano, levantando-se. — Vem.

Atravessaram a rua devagar, Floriano era um pouco mais alto.

— Acabei de almoçar agora — disse Rudá, cuspindo um detrito de comida. Floriano caminhou mais depressa, deixou Rudá para trás.

— Você vai acabar o carrinho? — perguntou Rudá.

Floriano não respondeu.

— Papai disse que vai me dar uma serra de fazer roda — disse Rudá, mas Floriano fingiu não ouvir. Ele não tinha pai, jamais ganharia uma serra de fazer roda.

Quando alcançavam o portão lateral da casa, que dava numa área livre, com algumas árvores, Floriano anunciou:

— Consertei o pneu da bicicleta. Comprei um tubo de michelin.

Pensou em pedir-lhe para montar a bicicleta, com a roda ainda a colocar, mas não era preciso: Rudá entenderia, logo que a visse. O portão rangeu, pesado. Floriano pareceu enxergar qualquer coisa, parou de súbito, apanhou, à falta de pedra, um cavaco que estava no chão e atirou-o com violência contra a copa amarelecida do pé de cambucá.

— Viu? — perguntou.

— O quê? — fez Rudá.

— Por um triz que eu chumbava o tico-tico — disse Floriano, excitado.

Com a mão espalmada para proteger a vista do sol, Rudá olhou a árvore em frente e cutucou Floriano.

— Alá, na ponta do galho, carimba — disse, com voz abafada, enquanto entregava a Floriano um calhau que apanhara no chão. Floriano, o corpo curvado para trás, sustentado na perna direita, descreveu com o braço um semicírculo, até despedir a pedrada com toda a sua força.

— Que pena, voou — disse Rudá —, olhando o companheiro ainda na posição de ataque, como um animal preparado para o bote.

— Espera aí — disse Floriano, e correu em direção à cancela que se abria para a horta, com os canteiros bem cuidados.

Daí a pouco, era hora de aguá-los, Floriano mesmo gostava, às vezes, de regar os legumes, e se molhava todo, com a mangueira cheia de furos, mal remendada. Floriano atravessou pelo meio da horta; foi esconder-se por trás da pimenteira, na divisa com o quintal vizinho. Olhou em torno: ninguém. Desabotoou as alças da calça, desceu-a, tirou-a apenas por uma perna e, de cócoras, ajeitou-se em cima das folhas secas. Um passarinho pousou na pimenteira, assustou-se com a presença do menino, voou. O silêncio era completo, daí a pouco uma galinha cacarejou do outro lado do muro, no quintal vizinho. Nas folhas secas, a urina levantava um marulhinho molhado, era bom aliviar-se na horta, estrumá-la, perfumá-la com cheiro de gente, excremento de gente se confundindo com a terra e as folhas, com o cheiro da terra e das hortaliças. Floriano ergueu-se, tornou a enfiar as calças, abotoou-se, atirou um caco de telha em cima de sua obra — e lembrou-se de Rudá, foi procurá-lo.

Rudá, sozinho, tinha pensado em voltar para casa, dirigiu-se até o portão, voltou até debaixo do cambucazeiro, procurou em torno e achou um cambucá maduro, bicado de passarinho. Limpou-o com jeito na calça, mordeu-o, sentiu na boca o aperto bom da fruta. O sol, filtrando-se por entre as folhas da árvore, desenhava no chão arabescos de sombra e luz. Teve vontade de subir no pé de cambucá, tão fácil, mas desistiu, ficou olhando dois urubus em cima do telhado. Um deles espichou o pescoço, como se tentasse, desconfiado, descobrir alguma intenção no menino, bateu as asas com um ruído flácido e voou para mais alto, no cimo do telhado. Rudá tinha vontade de ganhar uma espingarda, como a de Floriano, agora quebrada, com chumbo de verdade — poderia matar passarinho, acertar algum urubu. Fingiu apanhar uma pedra, fez menção de atirar, os urubus se agacharam, acabaram voando, assustados.

— Rudá — chamou Floriano, que vinha chegando.

— Onde é que você estava? — perguntou Rudá.

— Na pimenteira — disse Floriano.

Saíram andando os dois, pararam na área da calçada de pedras, Floriano apanhou um alçapão abandonado numa reentrância da pedra.

— Amanhã é dia de meu aniversário — disse Floriano.

— Quantos anos você faz? — perguntou Rudá.

— Doze. Não gosto de festa — disse Floriano, tentando acertar as varetas do alçapão.

— Vem gente aqui? — perguntou Rudá.

— Mamãe está fazendo uma porção de doces — disse Floriano.

Os dois meninos ficaram em silêncio: um de pé, olhando, olhos arregalados, o outro agachado, mexendo na arapuca de taquara.

— Com mamão você só pega passarinho à toa — disse Rudá, quebrando o silêncio.

— Vou botar o canarinho de chamarisco — disse Floriano, e levantou-se, pisou em falso, o alçapão desarmou sozinho.

Floriano olhou com raiva a armadilha, hesitou se recomeçava tudo outra vez, de súbito atirou-a longe, com violência.

— Merda — disse ele, com um chute no ar.

Ouviu-se, nítido, o ruído de água enchendo uma lata vazia. A cozinheira devia preparar-se para lavar a cozinha.

— Vem ver a bicicleta — disse Floriano.

Entraram no porão escuro.

— O pneu furou ontem — disse Floriano.

— Não estou enxergando nada — disse Rudá.

— Bota a roda no lugar, depois eu encho o pneu — disse Floriano.

Rudá, distraído, olhava o monte de coisas que se espalhavam pelo porão. Depois da pilha de móveis imprestáveis, via-se a abertura que dava para a parte lateral e superior do porão, onde Floriano penetrava.

— Me leva lá — pediu Rudá, apontando a abertura.

— Depois — respondeu Floriano, apontando-lhe a bicicleta desmontada.

Rudá começou a colocar a roda, sem dificuldade. De longe, chegava o som do sino da matriz dobrando a finados.

— Alguém morreu — disse Rudá.

Floriano, sentado no chão úmido, as pernas cruzadas, não disse nada. Rudá se lembrou:

— Amanhã vou ser crismado.

— Eu já fui — disse Floriano. — O bispo dá um tapa na sua cara.

Outro sino, mais grave, noutra igreja, começou a dobrar, toda a cidade o ouvia, muita gente se persignava.

— Pronto — disse Rudá. — Você tem a bomba, depois enche. Eu vou embora.

— Não, vamos lá — disse Floriano, indicando a outra parte do porão.

Rudá esperou. Floriano apanhou a escada pequena, ajeitou-a, subiu, atravessou quase deitado para o outro lado. Rudá subiu também, parou um instante, sentiu no rosto o ar úmido que vinha do lado de lá, entrou. Aí os meninos não podiam ficar de pé, tão baixo era o teto. No extremo oposto, uma vigia deixava passar um feixe de luz empoeirada. Em cima, era o assoalho da sala de jantar. Os passos ressoavam fortes embaixo. Os grossos caibros que sustentavam o assoalho estavam cobertos de teias de aranha. Floriano escondia ali todos os seus segredos, tudo que desejava pôr fora do alcance dos mais velhos. Era o seu mistério. Uma vez, levou para lá uma galinha choca, preparou-lhe o ninho, um dia começaram a aparecer piolhos na casa, em cima. Ninguém desconfiava que Floriano, tendo furado a tela da entrada daquela parte do porão, ali passava às vezes horas seguidas, pelo gosto de estar escondido. Pela vigia, costumavam entrar os gatos vadios da vizinhança. Uma gata lá depositou os seus filhotes, Floriano descobriu-os e matou-os, um a um, atirando-os contra a parede. Ali Floriano escondia, num caixote cheio de cinza, as mangas furtadas no quintal vizinho, para amadurecer. Ali se deu o assassínio do gato da casa, Veludo, meio velho e meio molengão, que já andava até com um espirro esquisito, espécie de tosse, que a cozinheira dizia ser tuberculosa. Floriano estava deitado no seu esconderijo, quando um par de olhos brilhou na vigia. O gato miou como se o pressentisse, Floriano chamou-o com carinho, estendeu-lhe a mão como se lhe oferecesse alguma coisa a comer. Veludo aproximou-se, moleirão, Floriano correu-lhe a mão pelas costas arrepiadas. Não tinha qualquer intenção, talvez sua mão esquerda, apenas por acaso, tivesse tocado a acha de lenha que servira para escorar o ninho da galinha. O gato miou de novo, seu corpo estremecia na mão do menino, podia ouvir-se o seu ronronar asmático, daí a pouco espirrou, como gente. Floriano ajeitou-se, deitou o bicho a modo e, segurando-o pelo dorso, vibrou-lhe uma violenta pancada na cabeça. Veludo soltou um miado feio, quase feroz, arreganhou os dentes e quis unhar a mão que o segurava. Floriano continuou as pauladas, com fúria, com prazer. Veludo custou a morrer, diziam que o gato tem sete fôlegos, e tem. Morto, sua boca se arreganhava, com as presas à mostra, numa crispação quase humana de raiva. Ali mesmo, Floriano cavou um buraco no chão e enterrou o gato, que ainda estremecia na hora de ser dado à sepultura. Com o tempo, um cheiro insuportável surgiu pela casa, penetrou pelo assoalho da sala de jantar, Floriano voltou ao porão, desenterrou o gato e, com cuidado, para que ninguém o visse, foi enterrá-lo na horta, marcando o local com uma cruz no muro. Nesse dia, não pôde jantar, sentia tonteiras, tinha a impressão de que de seu próprio corpo se desprendia o cheiro podre do gato, olhos comidos, escorrendo, pastoso, por debaixo do pelo gelado, gelatinoso.

— Tinha um gambá morto no porão — explicou ele, e ninguém mais tocou no assunto.

Pela primeira vez Rudá tinha acesso ao esconderijo de Floriano.

— Não trago ninguém aqui — disse Floriano.

— Estou com medo — disse Rudá.

— Deitado é melhor — disse Floriano, apontando uma esteira a um canto.

— Não estou enxergando direito — disse Rudá, preparando-se para deitar-se.

— Espicha as pernas — disse Floriano, puxando-o, com as mãos quentes, pelos joelhos.

— É sua mãe? — perguntou Rudá, referindo-se aos passos que ecoavam no porão, de alguém que andava lá em cima.

— É a empregada — disse Floriano, enquanto remexia um caixote cuja tampa levantara. — Mamãe me tomou o canivete, porque é muito grande. Disse que é perigoso. Bobagem.

Alguma coisa luziu na mão de Floriano. O ar era frio, mas os dois meninos sentiram uma brisa quente que circulou de uma parede a outra. Uma aranha passou maciamente pela perna de Rudá, que sentiu o corpo coçar-se. Teve vontade de espirrar, mas se conteve, com receio de fazer barulho. Uma poeira imperceptível entrava-lhe pelo nariz.

— O chão está frio — disse afinal.

— Você está deitado na esteira — disse Floriano, e fez menção de deitar-se a seu lado, por um momento os pés de ambos se tocaram.

— Na festa amanhã, você não conta que eu te trouxe aqui, não — disse Floriano.

Rudá fechou os olhos, o silêncio era tão completo que o assustava. Sentiu a mão de Floriano no seu ombro, depois no peito, correndo em cima das costelas. Talvez tremesse.

— Para com isso — disse Rudá.

— Magricela — soprou-lhe Floriano quase ao ouvido.

— Estou com vontade de urinar — disse Rudá, apertando as pernas uma contra a outra.

— Fecha os olhos — disse Floriano.

— Para quê? — perguntou Rudá, com voz de sono.

— Para um segredo — disse Floriano. — Você não conta a ninguém?

— Não — disse Rudá, de olhos fechados, entregue.

Lá fora, o sol, muito forte, queimava as árvores, inventava sombras por toda parte. O céu era alto, sem nuvens. A vida devia ter desertado da terra, o dia se espichava, fatigado, à espera de uma noite que parecia nunca mais chegar. Mas no porão não havia sol, nem horizonte aberto a perder de vista. A casa pesava em cima dos meninos, ambos se sentiam meio sepultados, já não tinham noção de onde se encontravam. Apenas respiravam, e o coração de cada um deles batia descompassado, fora do ritmo de todas as coisas e seres que a preguiça da tarde adormecia. Floriano abriu o canivete, ergueu-o diante dos olhos, a lâmina fria reluziu.

— Que é isso? — perguntou Rudá, abrindo os olhos.

— Meu canivete — fez Floriano, com a voz indecisa como se há muito tempo não falasse.

Rudá quis erguer-se, dobrou um joelho, mas, com a perna, Floriano indicou-lhe que se conservasse deitado.

— Está com medo? — perguntou Floriano, debruçando-se sobre seu rosto.

— De quê? — perguntou Rudá.

A lâmina do canivete tocou, aguda, a pele de Rudá, entre duas costelas, na altura do coração, que batia mais forte, descompassado, dentro de todo o seu corpo.

— Ai! — exclamou, sem entender o gesto do companheiro.

Floriano tapou-lhe a boca com a mão esquerda, enquanto o golpeava com a mão direita. Rudá se contorceu, mas não parecia esforçar-se para se libertar dos golpes. Gemeu fundo, virou-se de lado. Floriano sentiu a mão molhada, mas não deu conta de que podia ser sangue. Rudá era franzino, não tinha sete fôlegos. A esteira molhada indicava que ele tinha se urinado todo.

Arrastando-se com os cotovelos no chão, Floriano encaminhou-se para a saída. Teve vontade de olhar para trás, teve vontade de chamar Rudá, mas o desejo de sair era mais forte.

Uma brisa fria e velha soprou lá de dentro. Os sinos da igreja voltavam a dobrar, mais graves, sobre a cidade imóvel.

— Floriano!

A mãe o chamava da porta da cozinha. Irritava-se quando o chamavam em voz alta, mas agora Floriano estava calmo, foi andando devagar.

— O café está na mesa, Floriano — disse a mãe, sem olhá-lo.

O dia continuava muito claro, mas tinha sido rachado ao meio. Os olhos contra a luz doíam. Um passarinho piou na mangueira. Floriano, descalço, sentia na sola dos pés as pedras do patiozinho que ia dar na cozinha. A mãe entrou antes dele, tinha de retirar do forno uma batelada de biscoitos, quentes, perfumados.

— O café está na mesa há tanto tempo, meu filho — disse ela, sem olhá-lo.

— Já vou — disse Floriano.

— Chame Rudá também, pus o café para vocês dois — disse a mãe.

— Rudá não está comigo, não — disse Floriano.

A mãe, curvada sobre o forno, voltou-se, assustada:

— Tive a impressão que vi Rudá com você. Que é feito dele?

Floriano sentou-se à mesa, olhou as mãos, levantou-se para lavá-las. Quando se encaminhava para a pia, o cachorro, enrodilhado a um canto, ergueu a cabeça, endireitou as orelhas e olhou-o sonolentamente, com surpresa e medo.

NAMORADO MORTO

Burra. Tinha raiva de si mesma, de estar sofrendo tanto, doía dentro dela, apertava o peito, crivado de pontadas fininhas, verdadeiras. Mas tinha raiva também de Mário. Burro. Vontade de xingá-lo, de dizer-lhe nomes feios, ou de zombar dele, morto, bem morto dentro do caixão. Nunca entendeu nada, sabia apenas a lição, como um papagaio, muito bem--procedidinho, tão bem lavado, um maricas — os outros meninos tinham razão. Às vezes ia até cheiroso para a escola. Mas Doquinha sentia necessidade de olhá-lo, sorrateiramente o observava, quantas vezes acabava absorta, se esquecia de onde estava, já nem via o próprio Mário, via além dele, uma visão confusa, sem contornos, desconfortável e boa. Os olhos falam mais que a boca — estava escrito no livro de leitura. A professora, um dia, escreveu a frase na pedra, como exercício de caligrafia. Todos se debruçaram sobre os cadernos de cópia, Doquinha se debruçou sobre aquele sentimento doendo no peito, fisicamente dentro dela. Ao lado da escola, estavam construindo uma casa, o ruído de uma serra se elevava, baixava, zumbia, estremecia cheia de dentes o ar, serrava o silêncio que reinava lá fora. Na classe, um menino tossia, outro arrastava os pés, as penas deslizavam, canhestras, em cima do papel, vinha da sala vizinha a voz impaciente de outra professora. Mário tinha uma bela caligrafia, os olhos postos no caderno viam o caderno, caprichava nas hastes das maiúsculas, bordava as letras com igualdade. A disciplina paralisara aquele mundo inquieto, era como se por toda a vida a vida tivesse parado ali, algumas dezenas de crianças debruçadas sobre as carteiras, a munheca doendo no esforço de escrever limpo, sem borrão, bonito. Os olhos falam mais que a boca. Doquinha pensou no sentido da frase, pareceu entendê-la, tinha alguma coisa a ver diretamente com o que ela sentia — olhou Mário disposta a confessar-se no olhar. Mário não a viu, ela não o olhou mais. Fazia, como todos, o exercício, mas um vácuo se abrira diante dela, era como se escrevesse pairando no ar, a própria sala girava, tonta. Não, os olhos não falavam mais que a boca, com a boca nunca tinha coragem de falar, jamais falaria, Mário, burro, a intimidava, a condenava àquele segredo vibrante, que doía segurar.

— Essa menina anda cheia de dengos — a mãe exclamou.

Doquinha sentiu um frio na espinha, era como se de repente a mãe fosse desvendar o seu segredo, rasgar o seu peito, o fundo daquele pudor, berrar para todo mundo ouvir que ela, com onze anos, estava apaixonada por um garoto de calças curtas, ridículo! Tinha vergonha da palavra *namoro*. À saída da escola, procurava aproximar-se de Mário, no meio de outros colegas, mas temia ficar sozinha com ele, poderia trair-se, queria trair-se e contar tudo. Uma tarde, Madalena perguntou de supetão:

— Você está namorando Mário?

Podia conversar qualquer assunto com Madalena, era sua melhor amiga, mas aquela pergunta não, desabava sua naturalidade, agredia, ameaçava.

— Você está louca, de onde é que tirou essa ideia?

Doquinha tinha onze anos, Mário doze. Outros meninos e meninas da mesma idade namoravam, conversavam com desenvoltura, ficavam de mal, faziam as pazes, marcavam encontro no adro da igreja, ou se sentavam juntos no cinema. Não havia mal nenhum. Mas seria capaz de falar com sua mãe que gostava de Mário, que o namorava? Nunca. Calava, escondia, se escondia não era bom, quem sabe fosse pecado, pois o que era permitido não se ocultava. Escondia do próprio Mário, até ele podia rir se soubesse. Uma vez se encontraram, sozinhos, no caminho da escola. Madalena tinha ficado em casa, estava doente. De súbito, Doquinha avistou Mário, foi um sobressalto, o coração aos pulos. Esforçou-se para não dar a perceber, discretamente ajeitou o cabelo, consertou a blusa, que pena que não era nova.

— Ei — disse ela, com o rosto pegando fogo, os pequenos olhos apertados, talvez tentasse sorrir o seu melhor sorriso.

— Madalena não veio? — perguntou Mário sem se voltar, sem perceber o encabulamento de Doquinha.

— Não.

Claro que Madalena não tinha vindo, não estava vendo? Pela primeira vez sentiu aquele impulso de raiva, Mário não percebia nada, vontade de xingá-lo, de chorar. Não conseguiu falar mais nada, foram andando em silêncio. Perto da escola, ele se lembrou de dizer uma banalidade:

— Acho que a professora vai dar hoje as notas de aritmética.

E chegaram sem nada dizer. No entanto, na noite anterior

Doquinha não tinha podido fazer o dever de língua pátria porque só conseguia pensar em Mário. Fechou a porta do quarto à chave, encheu uma folha de papel almaço com o nome dele. "Eu te amo, eu te amo, eu te amo" — escreveu de alto a baixo. Depois pegou o papel e queimou-o. Guardou as cinzas dentro do manual de geografia, eram cinzas mas eram o seu segredo, confessado, escrito, materializado só para ela.

— Essa menina anda cheia de dengos!

Arrepiava-se com o temor de que a mãe estivesse no caminho de descobrir tudo. Doquinha estava mudando muito, a mãe acentuara várias vezes que ela estava mudada. Na procissão de Corpus Christi não quis pôr a fita no cabelo. Já tinha cedido à mãe e pusera dois ou três vestidos que não queria nem ver mais, a fita, porém, azul e branca, grotesca, não poria de forma alguma — e resistiu porque julgava que Mário podia encontrá-la. Como de fato a encontrou. Felizmente, não trazia a fita, o cabelo, muito liso, repartido no meio da cabeça, o vestido rodado, de saia armada, afogado no pescoço como um uniforme de órfã de asilo.

— Está crente que é moça, esse pirralho — disse a mãe, na hora de sair.

Como os meninos ficassem separados na procissão, logo atrás do pátio, pegou Madalena e distanciou-se da mãe, espigada no seu vestido preto de rendas, devota como uma viúva de olhar duro e vazio, diante da qual os homens respeitáveis se descobrem com unção. Entre os meninos estava Mário. A família de Mário tinha se mudado há três anos para a cidade. Vinha de um lugar grande, tinha maneiras diferentes, a mãe, tão chique (soberba, interpretava-se), cobria-o de carinhos e vontades. Ali, acompanhava a procissão com o pai. O pai era um homem distinto, certamente rico, mas tinha um jeito abrutalhado, Doquinha o achava feio. Quando crescesse, Mário ficaria assim? A passos lentos, no meio da multidão silenciosa, Doquinha não tirava os olhos de Mário. A banda, a pouca distância, executava, em surdina, uma peça que parecia recomeçar sempre, insistindo numa só frase musical como um disco girando no mesmo lugar. Mário, terno de casimira azul-marinho, a calça no joelho, mais comprida do que o usual, levava na mão, indiferente, uma pequena bengala, e trazia debaixo do braço o boné xadrezinho. Como o pai; imperturbável. Doquinha nem sequer conseguia ter consciência de que estava ali, acompanhando a procissão, esquecia-se, ausentava-se, olhos fixos em Mário, rijo, direito, incomunicável. De repente, a banda parou de tocar, a multidão, lenta, contrita, arrastava, patinhava no chão o silêncio que pesava e tornava o cortejo mais vagaroso. Mário certamente rezava, era um menino religioso, tinha o ar compungido de quem, na procissão, estava apenas na procissão, acompanhando o Corpo de Deus, que o vigário levava, vivo e verdadeiro, no ostensório, pelas ruas da cidade. Doquinha, porém, vaidosa, com horror de fita, consertando o cabelo a cada momento, pensava em namoro: ridículo, devia ser pecado.

Mas que fazer? Ela pensava, não podia não pensar, ultimamente só pensava em Mário. Sozinha, no quarto, na hora de estudar ou na hora de dormir, antes de começar a lição ou antes de pegar no sono, inventava conversas absurdas com ele, chegava a sorrir como se fosse verdade. À força de imaginá-lo, Mário quase lhe aparecia de verdade, depois tudo começava a baralhar, vinha uma tontura gostosa, apagava-se a sua fisionomia, chegava a esquecer como era a cara de Mário, tinha de recomeçar do princípio. Mas agora, mesmo se esforçando, não conseguia lembrar-se da fisionomia de Mário com nitidez, a lembrança era líquida, sem contornos. Quem sabe se era assim mesmo com toda gente que morre, defunto não tem fisionomia, deve ser impossível lembrar, em tão pouco tempo, o sorriso, a voz, o andar, o jeito de quem está morto, bem morto, vai ser enterrado amanhã. Já deve estar no caixão. A mãe ainda não foi vê-lo, só irá para o enterro, pois a família é de cerimônia, não tem intimidade para aparecer na véspera e permanecer no velório, lamentando, falando de outras mortes, conversando sobre os vivos. A mãe, em todo caso, mandou oferecer pela empregada: se precisassem de alguma coisa... Não precisavam, a mãe de Mário era soberba, mal cumprimentava, entre dentes, as pessoas com que cruzava na rua. Agora, com um morto em casa, devia ser diferente. Todo mundo sabia que Mário estava doente, mas ninguém supunha que fosse morrer assim.

— Imagine, comadre, quem é que morreu — a vizinha

entrou pela casa adentro com a notícia, era tão absurda que Doquinha a princípio não entendeu. Depois, correu para o quarto, atirou-se à cama, em silêncio. Mário morreu, Mário morreu, Mário está morto. Não dava sentido, era impossível, Doquinha estava seca, vazia por dentro, até que os soluços começaram a estremecê-la, foram ficando mais altos, explodiam, assustavam, como se outra pessoa, não ela, estivesse chorando em seu quarto.

— Que é, minha filha, que é isso? — acudiu a mãe, aflita.

— Coitada, menino morto, isso impressiona — explicou a vizinha, desgostosa por ter sido interrompida na sua conversa, a morte do menino, a vida dos outros.

— Isso passa — disse a mãe, e mãe e vizinha deixaram o quarto, daí a pouco voltaram com um chá de flor de laranjeira.

Doquinha já não pensava em Mário, não conseguia pensar. Apenas chorava, as lágrimas molhavam o seu rosto, molhavam o travesseiro.

— Tome, minha filha — disse a vizinha com voz piedosa, distante.

O chá enjoava, dava voltas no estômago, Doquinha continuava chorando, a mãe e a vizinha continuavam conversando.

— Devolveu o calmante — disse a vizinha.

— Uma moça — exclamou a mãe, com censura e surpresa.

Depois apagaram a luz, saíram, Doquinha tinha na boca o gosto do chá e do vômito, os soluços tinham passado, vinha-lhe uma sensação quase gostosa, de distância, como se o corpo largado em cima da cama não tivesse nada com ela. Podia lembrar-se. Lembrar-se do retrato. Tinha medo de que o descobrissem, por aí viriam a desvendar o seu segredo. O retrato era antigo, de quando tinha oito anos. Estava de fita no cabelo, um laço enorme, grotesco, sempre aquela mania de fita, o vestido era curto, acima dos joelhos, e ela estava apoiada, de pé, numa cantoneira com um vaso de flores. Horrível. Foi Madalena que apareceu primeiro com um álbum de recordações, deu aquela mania na turma toda. Estavam no quarto ano, no ano seguinte cada um iria para o seu colégio. Doquinha para o das freiras, Mário para o dos padres. Todos escreviam no álbum uma despedida, uma palavra de amizade para sempre, alguns colavam em cima um retrato. Doquinha quis um álbum igual, a mãe felizmente concordou, deu-lhe o dinheiro. Pediu a alguns colegas que escrevessem qualquer coisa, mas na verdade só se preocupava com o que Mário iria escrever, e assim poderia ter o seu retrato. Burro. Copiou uma poesia do livro de leitura: "Eu me lembro, eu me lembro, era pequeno...". E escreveu embaixo, na sua caligrafia regular, de maiúsculas compridas e bonitas: "Para Doquinha, lembrança do Mário".

— Você não pregou o retrato — disse ela, escondendo a queixa.

— Não tenho.

Ela então, burra, saiu com aquela história de dar-lhe um retrato seu. Em casa, arrependeu-se de ter prometido, Mário nem tinha pedido, era indiferente, não desconfiava de nada, não distinguia ninguém. Mas a vontade era tão forte, era tão bom ter prometido um retrato a Mário, acabou levando-o no dia seguinte. Foi difícil achar uma dedicatória que dissesse e que escondesse, acabou escrevendo: "Ao Mário, oferece a sua amiga e admiradora". Parou na assinatura. Doquinha era um apelido ridículo e Eudóxia era um nome horroroso, nome de velha, de sua avó. Escreveu Doquinha, quase borrou de tanta preocupação de caprichar no D. Sua amiga e admiradora Doquinha. Beijou o retrato muitas vezes, escondeu-o depois de embrulhá-lo em papel de seda. No dia seguinte, tinha perdido a coragem, pensou em pedir a Madalena, que se sentava mais perto de Mário, para entregar-lhe o embrulhinho. Ficou com medo de uma indiscrição, morreria de vergonha se os colegas viessem a saber que estava oferecendo um retrato a Mário, era como se tudo fosse ser descoberto, até os beijos que quase mancharam a dedicatória.

— Trouxe o que prometi — começou ela, quando conseguiu pegar Mário sozinho, na saída. Ele olhou-a sem entender, ela ficou vermelhinha.

— O retrato — acrescentou, engasgando, e meteu-lhe o embrulhinho na mão.

Fazia apenas um mês, agora Mário estava morto. Defunto, era difícil imaginá-lo. Morto, burro, não valia nada, nunca dissera uma palavra sobre o retrato, talvez nem tivesse lido a dedicatória. Doquinha inventava a sua cara no caixão, dava nojo, era enjoativo como o chá com muito açúcar, vinha um desejo de cuspir, cuspiu no chão. Mal se libertava de Mário morto, outra lembrança lhe vinha, os soluços paravam. Até aquele dia, quando Mário embatucou num problema de aritmética, nunca tinha pensado em namoro. A professora dizia que era quase preciso rachar-lhe a cabeça para botar lá dentro a regra de três. O bom aluno se envergonhava, baixava os olhos, triste. Doquinha roía as unhas, torcia para que ele aprendesse depressa, tinha vontade de auxiliá-lo.

— Você querendo, podemos estudar juntos, vou à sua casa — foi a primeira vez que ela lhe falou naquele tom.

— Não — disse Mário, seco.

Devia ser soberbo, como a mãe. Agora, bem feito, estava morto, nem podia ver quem é que estava em torno do caixão, a noite passava, era a última noite, amanhã vai ser enterrado, talvez chova, deve ser horrível um defunto molhado. A morte de Mário a ofendia, dava-lhe raiva, era um gesto de indiferença, de desprezo. Ficara doente assim à toa, de repente a vizinha entra pela casa com a notícia: Mário morreu. Madalena já sabia, todo mundo sabia, os mortos se denunciam depressa. Até os sinos já tinham dobrado a finados. Madalena veio gritar Doquinha no portão, certamente queria conversar a respeito da morte de Mário, mas Doquinha nem respondeu, não podia aparecer chorando. Foi um custo convencer a mãe de que não queria ver Madalena, nem ninguém. Mas quem sabe a mãe contou que ela estava soluçando como uma doida, atirada na cama. Madalena já devia ter batido com a língua nos dentes, bom seria se já não tivessem comentado lá mesmo no velório, diante do corpo de Mário, Mário frio e indiferente, que Doquinha estava chorando porque ele morreu. Todos os colegas certamente já tinham ido vê-lo, chegavam, olhavam indiferentes o corpo no caixão. Doquinha nunca tinha visto um menino morto. Como todo morto, devia estar pálido e arroxeado, com as mãos duras cruzadas no peito, muitas flores, o cheiro de flores pela casa toda, as velas acesas crepitando devagarinho, o cheiro das flores, das velas e do defunto. Dava náusea pensar em Mário morto, Doquinha cuspia no chão, e de repente dava vontade de cuspir na cara do defunto, Mário morto, inútil, estúpido.

— Chega, minha filha. Já são horas de dormir.

A mãe já se tinha recolhido no quarto, saíra para vir ver Doquinha. Devia ser tarde. A casa estava em silêncio, a cidade estava em silêncio. Doquinha queria parar de chorar, mas não queria dormir. Precisava recordar Mário vivo para esquecer o morto. Lembrava-se de Mário na aula, ou indo para a escola, ou no domingo, no adro da igreja, como um pequenino homem, de bengalinha e boné. Mas as lembranças iam se perdendo, já não sabia como era sua voz, ou como sorria, cara fechada, rígido, frio, morto. Então voltava aquela raiva, burro, pateta. Vivo, talvez ainda pudessem namorar de verdade, quem sabe crescessem assim, gostando um do outro. Mas morto, para que serve um namorado morto?

— Deixe de bobagem, Doquinha — disse a mãe, puxando-lhe o cobertor sobre as pernas.

A luz da sala entrava pela porta aberta, recortava a mãe de pé, imóvel. A mãe retirou-se, apagou as luzes, toda a casa estava fechada. Doquinha abafava os soluços, insistentes, no travesseiro. Agora queria parar de chorar, já nem sabia por que chorava, tinha raiva de estar fazendo aquele papel. Tinha os cabelos suados, os olhos ardentes, o nariz entupido, devia estar com uma cara horrível. Mário, no caixão, devia estar sereno, o cabelo bem penteado, os lábios cerrados sem choro nem riso, as mãos pálidas cruzadas no peito. Era um menino bem-procedido, religioso, andava tão limpo e tão lavado, às vezes aparecia perfumado na escola — um maricas, diziam os outros meninos.

— Mamãe — gritou Doquinha.

Tudo estava parado, enorme. O guarda-roupa em frente pesava, vigiava. Os quadros na parede, a penteadeira, a banqueta, todas as coisas calavam o seu segredo. Doquinha, chorando, estava só, abandonada na casa quieta, imóvel como um bicho que interrompe a respiração. Ninguém chorava em casa, na cidade, ou no mundo. Mário, morto, não chorava, nem sabia de Doquinha.

— Mamãe — gritou Doquinha mais alto, com medo, como se pedisse socorro por alguma coisa que fosse acontecer naquele momento, ali, com ela.

O comutador na sala estalou, a luz se acendeu, abriu-se a

porta da sala, a mãe apareceu, alta, estranha e fria como uma viúva que se vê passar pela primeira vez na rua.

— Que é isso, minha filha?

A mãe se aproximou, ajeitou-lhe o cobertor, passou-lhe a mão pelo rosto suado, molhado de lágrimas.

— Mamãe — disse Doquinha, dominando os soluços que voltavam.

A mãe acendeu a luz do quarto, espantada.

— Dorme, minha filha, você precisa dormir.

— Mamãe — repetiu Doquinha. — Eu quero morrer.

Doquinha virou-se de costas, esticou as pernas, o corpo se distendeu, rígido. A mãe bateu-lhe de leve no rosto, tomou-lhe o pulso, abandonou-o, acabou saindo a passos rápidos em busca de algum remédio que fizesse a filha dormir. Doquinha, porém, queria mesmo morrer.

TRÊS PARES DE PATINS

No amplo adro de ladrilhos, o ruído surdo, enrolado, parecia sepultar-se na terra. Os risos e os gritos da meninada embaraçavam-se na copa da grande magnólia, iam aninhar-se nas torres da igreja. Os sinos de bronze ruminavam, bojudos e quietos, o próprio silêncio. De quando em quando, a queda de algum patinador provocava uma algazarra que aumentava a confusão. Alheio a tudo, Betinho corria de uma ponta a outra com voltas arriscadas em torno da magnólia que projetava uma sombra compacta e úmida sobre as escadas de pedra-sabão. Betinho deslizava na pista e maldosamente abalroava os menos hábeis. Lá embaixo, depois do largo, as sombras do crepúsculo começavam a envolver os telhados baixos, encardidos.

— Vem — disse Betinho, quando cruzou com Francisco.

Pouco adiante, Débora já os esperava. Juntos, os três procuravam não tropeçar na emenda das lajes, mais altas, mais baixas, ásperas ou lascadas. Betinho ia à frente, puxava Débora pela mão. Olhos fixos no chão, Débora erguia os pés como se saltasse obstáculos e lançava um olhar suplicante a Francisco, que acompanhava timidamente Betinho. O cemitério já se entrevia por trás do gradil.

— Vem — disse Betinho, petulante.

— Onde você está me levando? — perguntou Francisco.

— Medroso — disse Betinho.

Até ali atrás da igreja chegavam os ecos dos patinadores no adro. Débora olhou para trás: ninguém pela redondeza. Um movimento em falso deitou-a de comprido no chão. Prolongou a queda, como se esperasse auxílio de alguém. Indeciso, Francisco não a socorreu.

— Betinho — chamou Francisco, para significar que não ia mais adiante.

— Tirem os patins — disse Betinho.

Os três ao mesmo tempo desabotoaram as fivelas dos patins e os descalçaram. Era bom pisar com os pés dormentes em terra firme. Como se tivessem vindo de águas revoltas, em movimento.

— O cadeado está trancado — disse Francisco.

— A gente pula — disse Betinho, e atirou os patins por cima das grades do portão.

— Olha o vigário — disse Francisco.

— Onde? — Betinho, voltou-se de olhos vivos, assustados.

— Pode aparecer — resmungou Francisco.

— Medroso — e Betinho começou a subir no portão, mãos e pés nas vigas de ferro.

— Agora vem você — disse a Débora e lhe estendeu a mão direita.

— Empurra a Dé — disse Betinho, agora em posição segura.

Francisco agarrou os tornozelos da menina sem saber o que lhe competia.

— Assim não — disse Betinho.

Francisco subiu-lhe as mãos pelas pernas, ajudou-a a galgar a primeira etapa, mãos nos seus pés. Depois subiu e alcançou a coluna. Evitava as hastes pontudas. Francisco e Débora acompanhavam-lhe os passos — não havia outro caminho. Em cima do portão, letras de ferro, bordadas, estava escrito: "*Memento, homo, quia pulvis es et in pulverem reverteris*". Os meninos desciam pelo outro lado, dentro do cemitério.

— Depressa — e Betinho escondeu-se entre o muro e um túmulo.

Francisco apertou a mão de Débora, que era fria, e estendeu a vista de um lado e outro, até lá em cima, no ossário e na parede de engavetar defuntos. Já não se ouvia a meninada no adro. Os patinadores deviam ter se recolhido. Em pouco era a noite. A treva cobriria o cemitério, envolveria a igreja. Uma densa mancha engoliria a copa da magnólia. Em casa o esperavam para jantar, talvez dessem por sua falta e fossem buscá--lo — pensou Francisco.

— Está ficando tarde — disse.

— A gente volta já.

Betinho puxava Débora, que ia nas pontas dos pés, pesada como quem se recusa. Francisco viu Betinho enlaçar a menina e ambos desapareceram por trás de um mausoléu com um anjo de asas de bronze, a mão parada no ar. Francisco olhou os fundos da igreja — quieta e solene como o morro. Voltou-se depois para os túmulos que se sucediam encosta acima. Flora indecisa, entre a noite e o dia. No silêncio, tudo tinha parado. A cidade e o mundo, esquecidos, não ultrapassavam as fronteiras do cemitério. Francisco queria apoiar-se em alguma coisa, mas não ousou encostar-se no túmulo mais próximo. O Cristo de bronze pregado numa cruz de mármore, os companheiros, a vida, o mundo — tudo era absurdo e longe. O arrulhar dos pombos no beiral da igreja queria dizer-lhe qualquer coisa que ele não entendia.

— Francisco.

A cara de Betinho por trás do mausoléu. Francisco foi andando pela aleia entre as sepulturas, até aproximar-se do companheiro, que abotoava os suspensórios por baixo da blusa. Por um momento, estranhou a ausência de Débora e logo a viu deitada, puxando o vestido que deixava à mostra os joelhos.

— Vai — disse Betinho. — Está escurecendo.

Francisco aproximou-se da menina, tocou-lhe os pés que as alpercatas mal escondiam. Não sabia o que fazer. Olhou Betinho como se pedisse instruções.

— Anda — disse Betinho.

Francisco ajoelhou-se aos pés de Débora e viu Betinho de novo a espreitá-lo.

— Vai embora — e bateu a mão com impaciência.

Betinho sumiu. De joelhos, Francisco apoiou-se com as mãos no chão. O cordão, as medalhas. Débora permanecia passiva, como a vítima prestes a ser imolada. Estendendo-se de comprido, Francisco sentiu o corpo morno que inerme o recebia. Era como um ritual de que ambos se tinham esquecido. Recortado contra o céu escuro, Débora via parte do anjo de bronze, o braço erguido em sinal de advertência. As mãos no chão, Francisco levantou-se a meio corpo. Débora tentou cobrir o rosto, mas deixou à mostra os olhos que eram cinzentos, quase opacos.

— Está chorando? — perguntou Francisco e passou-lhe a mão pelos cabelos, puxou-lhe os anéis até os ombros.

— Anda — disse Débora.

Francisco não precisou responder, porque Betinho aparecia naquele momento:

— Pronto?

Débora ergueu-se e sacudiu a saia como se quisesse limpá-la. Betinho estava grimpado no alto da pilastra.

— Espera sua irmã — disse Francisco, a voz tão alta que o assustou.

Betinho escorregou para o outro lado, sem fazer caso. Um patim em cada mão, alguns passos adiante voltou-se:

— Ela sabe o caminho.

— Dé — disse Francisco. — Eu te levo.

E saltaram o portão. O vestido de Débora rasgou-se numa haste. Cada qual pegou o seu par de patins. Junto à parede de engavetar defuntos, lá em cima, acendeu-se uma lâmpada vermelha, que anunciava a noite. Em cima do mausoléu, imóvel, o anjo dava adeus num gesto de bronze.

—Tarde demais — e Débora ergueu os olhos para o céu sem estrelas.

— Sua mãe zanga? — perguntou Francisco.

De mãos dadas, de costas para o cemitério, ganharam a

calçada que contornava a igreja. No jardim, um padre passeava para lá e para cá, um livro aberto nas mãos. Francisco sussurrou qualquer coisa que Débora não entendeu. Voltaram ambos pelo mesmo caminho, passaram diante do gradil do cemitério e contornaram a igreja pelo outro lado. Confundido agora com as sombras da noite, o silêncio a tudo emprestava proporções monumentais. O adro imenso, desabrigado. O vento na copa da magnólia iluminava as folhas de um lado como se tivessem luz própria.

A escadaria, os degraus gastos, familiares, caminho da missa, da novena, da bênção e do mês de maio. Chegaram ao largo e apertaram o passo até a esquina da mangueira. A casa no alinhamento tinha janelas baixas. Na ponta dos pés como uma boneca, Débora abriu a porta e, lá dentro, ouviu a voz de Betinho entre vozes adultas, indiferentes.

— Está na mesa — disse a mãe.

— Onde está Dé? — perguntou o pai.

— E vem aí — disse Betinho, fungando.

Sozinho na rua, Francisco ouviu o sino que começou a dobrar e despejava sobre a cidade uma onda de sons, a noite grave e triste que ia começar. Na rua parada, as casas paradas, as árvores paradas. O sino o perseguia, ia à frente e vinha atrás. Francisco deixou cair os patins e não voltou para apanhá-los. Fugia como se o cemitério tivesse se despenhado rua abaixo, no seu encalço.

Abriu o portão de casa, atravessou o jardim, parou no alpendre que uma trepadeira atulhava. A dama-da-noite impregnava o ar de um perfume sereno, pacificador. Uma luz estava acesa lá dentro. Limpou com insistência os pés no capacho, como se chegasse da chuva. Enxugou seu rosto molhado de lágrimas na fralda da camisa.

O sino tinha parado de tocar, mas alguma coisa vibrava no ar, sobre a cidade que acabava de acender as suas luzes para dormir.

O SEGREDO

A casa, para alugar, continuava habitada pelos proprietários até que aparecesse inquilino. Preguiçosamente, Sílvia acompanhava a mãe na vistoria dos cômodos. A proprietária ouvia as perguntas, concordava, prestava informações. O proprietário seguia de lado, em silêncio, apenas abanando a cabeça. Não tirava os olhos da menina. Quando voltaram para a sala, Sílvia puxou a mãe pela manga e disse-lhe baixinho que estava com sede.

— Pois pede água ao moço — disse a mãe.

— Venha — disse o proprietário, estendendo-lhe a mão bruscamente.

Era depois do almoço. O homem pegou a bilha, encheu lentamente o copo d'água. Na rua fazia calor. Mas a cozinha era fresca e serena, com os armários e pias brilhando de limpeza. No fogão de lenha, uma panela fervente crepitava ao fogo lento. Sílvia tomou a água, fazia um barulhinho ao passar pela garganta. Estava confusa porque o homem não tirava os olhos dela. Ao devolver-lhe o copo, sentiu que ele a agarrava com força pelo braço. Era um gesto desordenado, fora de propósito, destoando da paz daquela cozinha e do silêncio daquela hora.

— Quer mais? — perguntou o proprietário, sorrindo.

— Obrigada — murmurou Sílvia com dificuldade.

Então o homem encostou-a na parede de azulejos brancos e frios e apertou-a contra o próprio corpo. Da sala vinha, mais alta, a voz da mãe, queixando-se dos preços, da vida. A cara do homem empalideceu, seu hálito cheirava a cigarro e a comida.

Sílvia, indefesa, não tentou qualquer gesto para libertar-se. Ficou quieta, amedrontada.

— Quer mais água? — perguntou o proprietário, soltando-a tão de repente como a tinha agarrado.

Voltaram à sala, Sílvia na frente, o proprietário atrás. A mãe continuava falando, mas a menina não lhe prestava a menor atenção. Segurou-lhe o braço e não o soltou senão depois que se retiraram.

Na rua, o sol era claro, queimava. A mãe abriu a sombrinha, com a certeza de que nunca poderia alugar aquela casa.

— Não sei o que vai ser de nós — disse ela por hábito, meio aérea.

Sílvia estava calada, distante.

— Silvinha, acorda — disse a mãe, dando-lhe um safanão.

Entraram numa sapataria. A mãe, exigente, pediu para ver dezenas de sapatos e afinal não comprou nenhum.

— Passar bem — disse ela para o caixeiro.

A rua escaldava. Uma bicicleta passou raspando nelas, por um triz que as atropelava.

— É triste a vida de uma mulher abandonada — disse a mãe, ignorando a bicicleta.

De sombrinha aberta, mãe e filha caminharam em silêncio até em casa. Era uma casa pequena, com um jardinzinho estorricado na frente e um pequeno alpendre na entrada. Assim que chegaram à sala de jantar, a mãe estirou com alívio os pés descalços, a avó tossiu na cozinha e providenciou alguns ruídos que indicavam que estava coando o café.

— É muito cara — disse a mãe para a avó, referindo-se à casa, enquanto tomavam café.

— Deixe de inventar moda. Esta casa está muito boa — disse a avó.

— Não tem manteiga? — perguntou Sílvia.

— Está tudo pela hora da morte — disse a mãe.

— Deixe de luxos — disse a avó.

O bicudo começou a cantar lá fora, na porta da cozinha. Era um sábado quente, abafado. O relógio da parede deu três horas. À noite, choveu pesadamente.

O tempo passou. A mãe não alugou a casa, nem aquela, nem qualquer outra. Sílvia não contou para ninguém que o proprietário apertou-a contra a parede de azulejos. Aquela cena virou dentro dela uma coisa absurda, um sonho mau sem relação com o dia a dia da vida.

Como sempre, o pai não dava notícia. Há cinco anos, tinha desaparecido. Embarcou, ninguém sabia para onde. A mãe costumava dizer que ele não fazia falta. Nunca tivera um emprego fixo, não ganhava o suficiente para as obrigações da família. E ainda por cima sumiu deixando uma porção de dívidas. Nos primeiros tempos, as vizinhas comentaram o fato. Chamavam o pai de boêmio, mas boa alma. Para consolar, diziam que ele voltaria, ou quem sabe não tinha sido vítima de alguma desgraça, Deus o livre.

— Seu pai é um traste muito à toa — disse a mãe para Sílvia, quando lhe tirou das mãos um retratinho dele e o picou em pedaços.

A mãe sempre se lamuriava, a propósito de tudo. Que era uma mulher largada, pior do que viúva, nem ao menos sabia por onde andava aquele porcaria. De tanto se lamuriar arranjou um emprego no escritório da estrada de ferro. Saía às dez e meia, só voltava depois das cinco horas. A avó ficava em casa, cozinhando, costurando e cochilando. A menina ia para o colégio, não era boa aluna, nem conseguia fazer amizades. Vivia com as mãos sujas de tinta, roía as unhas, às vezes dava mostras de mau gênio, até de perversidade para com as colegas.

— É da idade, isso passa — disse Artur, com simpatia.

— Qual nada, é sangue ruim — disse a mãe, com displicência.

Quando Artur foi transferido para a agência do banco na cidade, a mãe insistiu para que fosse morar com ela. Artur se instalou no quarto de Sílvia, que se mudou para a alcova da avó, junto da cozinha.

Chegaram as férias de dezembro. Naquela tarde, Artur não tinha ido trabalhar por causa de uma gripe muito forte. Sílvia já ajudava na arrumação da casa e na cozinha, segundo a mãe e a avó exigiam, mas agora não tinha o que fazer. Depois do almoço, leu mais uma vez o livro que Artur lhe dera de presente, pelo Natal. Já tinha colorido todas as gravuras. Então começou a inventar o que fazer. Mudou a água dos passarinhos, renovou-lhes a ração de alpiste, pregou um pedaço de angu em cada gaiola. Sobretudo deu um banho no papagaio, mergulhando-o no tanque cheio d'água. Depois, vendo a porta aberta, entrou no quarto de Artur. A avó dormitava na alcova.

— Que vestido mais feio — disse Artur, recostado em dois travesseiros altos, na cama, e pondo de lado o livro que estava lendo.

Pela primeira vez, Sílvia ficou acanhada diante dele. O vestido, inteiriço, era velho, desbotado e tinha um rasgo na bainha.

— Você está ficando uma mocinha — disse Artur, observando-a com os olhos muito pretos no rosto que a barba por fazer sombreava, tornando-o mais moreno.

As vidraças estavam descidas. O ar viciado cheirava a remédio, talvez a urina e fortemente a cigarro apagado.

— Sua avó está aí? — perguntou Artur.

— Dormindo — disse a menina, aproximando-se para pegar o livro que ele tinha posto de lado. — Você já leu tudo isto?

Artur puxou-a pelos ombros, para junto de si. Estava tão perto que Sílvia sentia nos seus cabelos a respiração dele. Os lençóis usados cheiravam a suor, corpo. Na vizinhança, uma lavadeira batia com força a roupa no tanque e começou a cantar.

— Você não conta nada para sua mãe — disse Artur.

Sua mão era pesada, trêmula e tinha cabelo nos dedos.

Quando a presença da avó se fez notar na sala, Artur

deitou-se ao comprido, cobriu-se e empurrou Sílvia para que ela se retirasse. Mas a menina estava quieta, abobalhada, com um frio nas costas.

— Está melhor? — disse a avó, aparecendo na porta.

— Vou indo — disse Artur, com um acesso de tosse que o fez erguer-se na cama e levar a mão à boca.

— Põe a mesa para a merenda — disse a avó para a menina.

Sílvia estendeu a toalha de xadrezinho vermelho na ponta da mesa, apanhou a rosca da rainha no armário, distribuiu as xícaras e sentou-se no seu lugar, esperando.

— Olha o café — disse a avó para Artur, que veio do quarto com um lenço no pescoço e sentou-se à cabeceira.

— Vocês de hoje não acreditam em remédio dos antigos — disse a avó, mastigando.

— Gripe é repouso — disse Artur, tranquilo.

Sílvia não levantava os olhos da xícara de café com leite. Depois Artur enfurnou-se no quarto, a avó foi lidar na cozinha. Quando a mãe chegou, a tarde era calma e uma brisa leve refrescou a casa. As luzes se acenderam, como todo dia. Sílvia foi dormir cedo porque a noite custava a passar. Sonhou que Artur a agarrava, ela segurava o vestidinho curto, desbotado, com um rasgo na bainha.

No dia seguinte, Artur trouxe a aquarela que lhe tinha prometido.

— Para que isto? — fez a mãe, num tom de censura.

A mãe e Artur conversaram por muito tempo, como era de

hábito. Tinham muitos casos em comum, do tempo antigo, desde crianças. Eram primos e falavam dos parentes que Sílvia não conhecia.

No domingo seguinte, depois do ajantarado, a tarde espichava, interminável. A mãe, muito perfumada, tinha saído para uma visita. A avó acomodou-se na sua alcova. Artur ouvia o jogo de futebol no seu rádio de cabeceira.

— Venha cá — disse ele com a voz falhando, quando Sílvia apareceu na porta.

Estava de pijama, com os pés metidos numas meias de lã, horríveis. O quarto ainda cheirava a remédio, a roupa usada. Sílvia sentou-se na cama revolvida. Artur começou apertando-lhe o joelho com tanta força que parecia querer quebrar-lhe os ossos. Tinha o hálito quente, o rosto febril, com a barba espinhando. Sílvia ficou quieta, obediente, hipnotizada.

Quando foi para a cama, de noite, a mãe ainda não tinha chegado. Começou a chover forte, com trovões que estrondavam ao longe. Assim que a mãe entrou, tarde da noite, foi procurá-la no seu quarto, sem saber por quê.

— Está tudo alagado aí fora — disse a mãe, sacudindo o vestido preto respingado de chuva.

— Mamãe — disse a menina, sentada na beira da cama.

Vestida apenas de combinação, a mãe parou de sacudir o vestido e olhou-a, intrigada.

— Acordada até agora, minha filha — disse ela, tomando conhecimento de sua presença.

— Mamãe — repetiu a menina a olhá-la.

A mãe tinha sentado junto à penteadeira e escovava os cabelos molhados, jogando a cabeça para trás, de um e outro lado.

— Que é? — fez a mãe, secamente, e logo se voltou para a filha e parou de escovar os cabelos, em expectativa.

Sílvia baixou a cabeça, depois deitou-se atravessada na cama e, sem querer, começou a chorar baixinho. A mãe levantou-se, assustada:

— Que bobagem é essa?

Sílvia cobriu os olhos com as mãos. Não queria chorar, estava surpresa consigo mesma, com os soluços que estremeciam seu corpo sob a camisola de dormir.

— Diga, minha filha. Está com dor de cabeça?

— Não.

A mãe começou a andar, atarantada, pelo quarto, erguendo a escova no ar, ora voltando-se para o espelho, a escovar os cabelos, ora dirigindo-se à filha, com as lamúrias do costume — o que seria dela, mulher abandonada, o que seria de Sílvia, que vida, que inferno!

Sílvia calou-se de repente. E sem soluços começou a falar. Contou que tinha ido ao quarto de Artur, que ele, tudo. A mãe ouvia, aflita.

— Só isso? — fez ela, quando Sílvia parou de falar.

Então saiu do quarto pisando duro, foi cochichar com a avó, na alcova. Voltaram as duas daí a pouco.

— O que for soará — disse a mãe para a avó. Depois voltou-se para Sílvia: — Minha filha, você está nervosa, quem sabe andou sonhando.

— Inventar uma coisa tão feia, Silvinha — disse a avó.

Sílvia levantou-se e saiu correndo para a alcova, meteu-se debaixo das cobertas. A mãe e a avó acenderam a luz da sala, ficaram conversando a meia voz. Artur veio de seu quarto — embrulhado num roupão, com a cara sonolenta. Puxou uma cadeira de palhinha, sentou-se, procurou um cigarro no bolso e acendeu-o. Todos demonstravam naturalidade, mas era como se precisassem guardar perfeito controle num momento difícil, grave.

— Artur — disse a mãe. — É uma coisa desagradável. Veja o que essa menina andou me contando. Que você, imagine.

— Para que falar nessa tolice de criança? — atalhou a avó.

— Coitada de Silvinha — suspirou a mãe, distraída com o penhoar estampado em que se enrolara.

— Pode dizer — falou Artur. — Algum problema? Não há cerimônia entre nós.

A mãe passou a falar mais depressa, misturando à narrativa de Sílvia uma série de imprecações e de queixas sobre a vida, o presente, o passado, o futuro, o que seria delas, Deus meu! A avó, rezando as ave-marias de mais um terço, sumiu na cozinha, para passar um café.

Afinal, fez-se silêncio. A lâmpada, pendente do teto por um

fio enrolado em papel crepom, iluminava fracamente a sala. A avó postou-se a um canto, de pé, com a mão no queixo.

— Silvinha, vem tomar café — disse ela, estupidamente.

— Muito bem — começou Artur, tossindo sobre a xícara. Acendeu um novo cigarro, ergueu a cabeça e ficou olhando para o teto, a coçar sem pressa a barba no pescoço. Depois passou o lenço pela testa num gesto de preocupação e dignidade.

— Ninguém ignora como as crianças são imaginosas. Você não sabe que a Justiça não aceita como válido o depoimento das crianças?

— Silvinha está numa idade terrível. Pode ter maldado — disse a mãe.

— De qualquer maneira — prosseguiu Artur, como se fizesse um discurso — cai agora sobre mim uma suspeita muito grave. Tenho morado aqui com vocês...

A avó interrompeu-o.

— Artur, você não vai fazer um cavalo de batalha, vai?

E voltando-se para a mãe:

— Também, para que você foi levar isso adiante?

Artur pigarreou, engasgado com a fumaça do cigarro.

— Não gostaria de me mudar daqui, onde me sinto como na minha própria casa. Mas, sinceramente!

A mãe, confusa, olhou para a avó, depois, ao mesmo tempo, ambas se voltaram para a porta da alcova de onde lhes pareceu vir um soluço de Sílvia.

— Quem insistiu com você para vir morar conosco fui eu — disse a mãe. — Conheço você desde menino.

— Perfeitamente — fez Artur, atento.

— Você sabe que a pensão que você paga nos faz falta — continuou a mãe. — Depois, é sempre um homem dentro de casa: impõe respeito. Se você sai, tenho de alugar o quarto para um desconhecido. Mulher é que não vou botar aqui dentro. Já somos três, e basta.

Artur levantou-se, fingindo indiferença pelo que ouvia. Estava satisfeito com o rumo da conversa, já não temia maiores complicações.

— Alugar o quarto a um desconhecido — repetia a mãe —, veja você: daqui a pouco Silvinha está uma moça, e com esse temperamento. Saiu ao pai, que imaginação.

— Amanhã conversaremos — disse Artur, refeito.

— Vamos dormir para refrescar as ideias. Por hoje chega.

Cada um retirou-se para o seu quarto. Artur ligou o rádio baixinho, ficou lendo uma revista de contos policiais. A mãe voltou a sentar-se na penteadeira, só de combinação, e recomeçou a escovar os cabelos. Ao espelho, achou os braços muito grossos e prometeu-se iniciar no dia seguinte um regime para emagrecer. A avó deitou-se entre resmungos, rezou as primeiras ave-marias de um novo terço, poucos minutos depois roncava de dar gosto. Sílvia ficou ouvindo lá fora a chuva que caía, já muito amainada. Pela madrugada, uma goteira começou a pingar do forro da cozinha. A goteira é que lhe deu sono, ela dormiu.

No dia seguinte, Artur retirou-se prometendo mandar buscar mais tarde a bagagem por um moleque. Não queria nem tomar o café da manhã.

— Você não vai nos fazer essa desfeita — disse a avó.

— Artur, tenha a santa paciência — disse a mãe, quando ele lhe estendeu o dinheiro da pensão.

— Aproveite bem a aquarela — disse Artur à menina, a título de despedida.

Sílvia abriu a boca a chorar.

— Silvinha, quer parar? — fez a mãe, irritada.

— Manteiga derretida — disse a avó e beliscou-a no braço.

Artur partiu. A menina fechou-se na alcova de novo. A avó foi preparar o almoço. A mãe perfumou-se para sair em direção ao trabalho.

— Que fazer, vida de mulher largada é isto — disse ela, antes de fechar a porta atrás de si.

— Vamos pôr uma pedra em cima desse caso — disse a avó.

E nunca mais se tocou no assunto.

Sílvia estava crescendo a olhos vistos. Não havia roupa que chegasse — dizia a mãe, esperando que ela acabasse de crescer para depois dar-lhe roupa nova. De mais a mais, não ia a lugar nenhum, para andar em casa aquilo mesmo servia.

Naquele dia, andando despreocupada pela rua, só o uniforme que vestia lhe dava certa aflição. A blusa sobretudo estava muito apertada, com os botões quase saltando fora. Para disfarçar, trazia a pasta agarrada ao peito. Pela primeira vez na vida ela andava sozinha pela cidade. Tinha certeza de que a mãe e a avó, no dia seguinte, não saberiam que ela tinha matado aula. No colégio, diria que estivera doente.

Parou diante de uma vitrine, ficou olhando sem pressa. Se tivesse dinheiro, teria muito o que comprar. Depois ficou pensando em algum lugar aonde ir, para esperar que o tempo passasse. Foi quando um homem aproximou-se dela e tocou-lhe o braço:

— Ei — disse ele. — Não está me reconhecendo?

Sílvia olhou-o de frente. Tinha um tique nervoso quase imperceptível — piscava o olho esquerdo com um leve estremecimento do rosto até a orelha.

— Como é seu nome? — perguntou ele, sorrindo.

— Sílvia.

— De quê?

— Palhares.

O homem sorriu mais largamente, com as mãos espalmadas, exprimindo surpresa de alegria.

— Veja só. A filha do Palhares!

O pai, nunca tinha encontrado alguém que o tivesse conhecido. Só a mãe e a avó falavam dele e assim mesmo cada vez menos.

— Conheço muito seu pai — disse o homem. — Por onde anda ele?

— Viajando — disse a menina, envergonhada.

— E você o que está fazendo?

— Saindo do dentista — mentiu ela.

O homem afastou-se, como se a quisesse examinar melhor, depois aproximou-se e suspendeu-lhe o queixo, com intimidade:

— É cara de um, focinho de outro.

Sílvia tinha medo de que passasse alguma pessoa conhecida e a surpreendesse matando aula.

— Está com pressa? — perguntou o homem, percebendo-lhe a perturbação.

Sílvia hesitou, não soube o que responder.

— Vamos andando — disse o homem.

— Onde o senhor vai? — perguntou ela, timidamente.

Mas ele não deu mostras de ter ouvido a pergunta:

— Ora, quem havia de dizer. A filha do Palhares, que eu vi menina de colo. Uma mulherzinha, e que bonita!

Sílvia andava com a pasta colada ao peito. Sem saber por quê, sentia vergonha de estar ao lado daquele homem. Mas não tinha jeito de se desvencilhar dele.

— Filha do Palhares — murmurava o homem, piscando o olho.

Logo adiante, entraram na sorveteria. Sílvia foi passando entre as mesas com a certeza de que todo mundo a olhava — ali vai a filha do Palhares, está matando aula, a mãe não sabe.

— Está lembrada do meu nome? — perguntou o homem, solícito, enquanto tomavam sorvete. — Sousinha — ele próprio respondeu.

Sousinha tirou do bolso uma enorme carteira de couro de crocodilo e pagou a conta. Tinha um anel no dedo mínimo. Sílvia levantou-se encabulada, saiu pisando em ovos. Vestia o uniforme do colégio e, além do mais, tão apertado.

— Pergunte a seu pai por mim — disse o homem, na rua.

Sílvia estendeu-lhe a mão, querendo despedir-se.

— Não, senhora — disse o homem. — Venha comigo que tenho uma coisa para mostrar a você — e puxou-a pela calçada afora.

Entraram pelo sobrado da esquina, subiram a escada escura. Ao menos ali ninguém a via, não precisava se esconder para não ser surpreendida.

— É um retrato de seu pai, eu e ele juntos — disse Sousinha, diante da porta, enquanto procurava nos bolsos a chave.

— O senhor trabalha aqui? — perguntou Sílvia, enquanto o homem abria a janela, mas nem por isso pareceu entrar mais luz.

Era uma saleta pobremente mobiliada — um sofá, duas cadeiras, uma mesinha com um pano branco, bordado. Na parede, uma estampa barata de são Jorge matando o dragão, com uma lâmpada vermelha ao pé.

— Não me chame de senhor — disse Sousinha, tomando-lhe a pasta das mãos e depositando-a sobre a mesinha. — Sente-se aqui.

Sílvia sentou-se, com um calafrio.

— Então, em que ano está? — disse ele, com voz melosa.

— Quedê o retrato? — perguntou a menina.

— Espere — disse o homem. — Temos muito o que conversar.

Segurou-lhe a mão, tinha as mãos suadas. O sestro de piscar o olho era agora mais frequente, todo um lado do rosto se movia, nervosamente.

— Você já tem namorado, Silvinha? — sua voz tomou um acento insuportável.

— Vou embora — disse ela, levantando-se.

O homem sentou-a de novo, quase à força.

— Tão bonitinha — exclamou ele, acariciando-lhe os cabelos. — Fique boazinha, senão vai ter.

Sousinha enxugou o rosto com o lenço, achegou-se mais, passou o braço pelas costas de Sílvia.

— Você tem uma pintinha aqui — disse ele, apontando-lhe o canto da boca, com a cara imensa tremelicando, pisca-pisca.

Sílvia levantou-se, agarrou a pasta:

— Vou embora.

— A porta está fechada com a chave, meu anjo — disse o homem.

Sílvia ficou olhando para as paredes, examinou a janela à distância, como se fosse saltar.

— Não precisa ter medo, não. É só ficar boazinha — disse o homem, puxando-a docemente de novo para o sofá.

Tomou-lhe a pasta, atirou-a de lado. De surpresa, beijou-lhe os olhos. Sílvia recuou, o homem seguiu-a. Um botão da blusa saltou fora, Sílvia segurou-a como se temesse ficar nua.

— Se gritar, ninguém ouve — disse o homem.

— Papai — ganiu Sílvia, sem saber por quê.

E ficou quieta, parada, com ar de que não era com ela. O homem dobrou-a sobre o sofá de couro. Sílvia fechou os olhos para não ver.

Assim que pôde se levantar, ficou de pé e ajeitou as pontas da blusa dentro da saia. A roupa estava toda torcida no corpo. Pegou a pasta, atirada ao chão.

— Pode ir, minha flor — disse o homem, cínico, o olho esquerdo quase fechado, no esforço de não piscar. — Se voltar, ganha um presente.

Ao abrir a porta, ele ainda beijou-lhe os cabelos. Sílvia saiu correndo pela escada abaixo, só parou na rua, para respirar fundo. Apertou a pasta contra o peito, faltava um botão na blusa, e saiu andando apressada. Queria chegar em casa, pouco importava que soubessem que não tinha ido à aula. Caminhava firme pela rua, misturada a todo mundo, com uma decisão que não tinha quando voltava do colégio e tudo estava em ordem.

Entrou em casa sem ser percebida pela avó, meteu-se na alcova, deitou-se. Queria pensar, queria sofrer, mas tinha a cabeça vazia, acabou dormindo. Acordou com a avó a chamá-la:

— Você a esta hora! Ficou doente no colégio?

Daí a pouco chegou a mãe.

— Está doente, minha filha?

— Não.

A mãe e a avó se entreolharam, entendidas sobre o que se passava com a menina. Resolveram deixá-la em paz.

— Venha jantar, Silvinha — chamou a mãe, com a mesa posta.

— Não quero — disse a menina.

À noitinha, quando ela acendeu a luz na alcova, a mãe foi ver como é que ia passando. A avó tinha saído para a novena.

— Que é isto? — surpreendeu-se a mãe, vendo a menina sentada à mesa, diante de uma folha de papel com a caneta na mão.

Sílvia assustou-se, quis esconder o papel, mas a mãe arrebatou-o com uma energia que não admitia reação.

— Você ficou doida? — perguntou a mãe, depois de ler o que estava escrito.

Sílvia tinha traçado com seus garranchos abertos e desproporcionais: "Querido Papai".

— Nem sabe se está vivo ou morto. E o endereço? — disse a mãe com uma gargalhada.

Sílvia baixou a cabeça sobre a mesa, veio-lhe um nó na garganta, começou a chorar, sozinha, e a soluçar cada vez mais alto. Nunca mais pensou em escrever para o pai.

Cresceu sem contar para ninguém.

O MOINHO

Chico viu Rosário sair pela porta da cozinha, passar pelo forno abandonado e dirigir-se à coberta da lenha. Podia jurar que estava resmungando, com a mão nas cadeiras e o olhar vazio. A preta pegou o machado, escolheu algumas toras no chão, ajeitou-as e começou a rachá-las, com um gemido.
— Rosário — gritou Chico.
Ela voltou-se, apertando os olhos para enxergar. O vestido comprido ainda a tornava mais magra. Espalmou a mão sobre os olhos, sondando o horizonte, mas na expectativa de que Chico a viesse encontrar sem demora. Como não veio, Rosário largou o machado e foi até a pimenteira onde o menino se encostara.
— Vigia só, está sempre fungando — disse ela e limpou o nariz de Chico no avental de algodão grosso, cheirando a cozinha. Revistou-o depois e observou que seus pés descalços estavam sujos de lama entre os dedos.
— Por onde você andou, meu filho? — perguntou Rosário, acariciando-lhe os cabelos encaracolados, secos. Depois ajeitou-lhe a roupinha com suas mãos finas, lavadas, frias. — Tadinho!
A preta vivia excogitando um modo de ajudá-lo. Tinha sugerido que ele fugisse, metesse o pé no mundo. Buscasse agasalho noutro lugar. Agora, como sempre, nos últimos dias, ela insistia:
— A chácara de sua tia Dora, ela é tão boa.
Chico ficou matutando na chácara da tia. Lá ficara seu irmão caçula, com poucos dias de nascido. Todos os irmãos

foram distribuídos entre parentes e compadres, assim que a mãe morreu. Só por uns tempos — o pai consolava, mas pai e filhos estavam engasgados com a certeza de que nunca mais se juntariam na mesma casa. A morte da mãe, de surpresa, deixou-os confusos, olhando sem ver. Todos sentiam obscuramente que a família acabava naquele velório. Uma vida nova, cega, escura, agora ia começar. O padrinho de Chico foi enterrar a comadre e, no dia seguinte, ofereceu-se piedosamente para criar o menino no sítio. Depois, apareceu montado numa besta imponente, lisa, deu dois dedos de prosa, abraçou o compadre, puxou o menino para a garupa. O animal saiu trotando firme, majestoso. Chico não olhou para trás.

— Agarra bem, menino — disse o padrinho, e só.

Engolia em seco, o peito apertava. Maginava na mãe morta, revia seu rosto, seus cabelos pretos e compridos, ouvia sua voz, segurava com força no cinturão do padrinho. O padrinho era enorme, tinhas costas caladas, hostis como uma parede. O sol esquentou. Chico tocava com os tornozelos tímidos as ancas suadas do animal. Temia que o boné apertado caísse da cabeça, cuidava para não catucar com o dedão do pé as botas do padrinho. Retesava os músculos, procurando diminuir aquele corpo a corpo desrespeitoso, suarento. A besta tinha o trote duro, a viagem não acabava. Afinal, entraram no sítio, o padrinho apeou e deu a primeira ordem:

— Recolhe o animal — e, de chapelão na cabeça, sumiu dentro da casa baixa, escura.

Chico ficou olhando o animal, feito pateta, com vontade de chorar. Seu coração tornou-se pequenininho, num desaponto de bicho que afinal caiu na armadilha. Então apareceu Rosário, arrodeando com curiosidade, a mão nas cadeiras, os olhos vermelhos, resmungona. Gritou por um camarada para recolher a cavalgadura, pegou a trouxa de roupa do menino, levou-o para dentro. As pernas de Chico tremiam só de ficar em pé, a bunda queimava, ia empolar. À noitinha, Rosário preparou-lhe a bacia com água morna e sal para o banho de assento. Deu-lhe um café muito ralo e fechou-o no pequeno quarto cheirando a palha. As coisas eram surdas, indiferentes. Chico escondeu a cabeça debaixo da colcha fininha, enquanto lá fora os grilos e os sapos punham fronteiras na sua solidão.

Os dias e as noites se sucediam, mas a vida tinha parado. Chico nunca mais teve notícia do pai, que se mudara para outras bandas, em busca de uma vida diferente, de esquecimento. Os irmãos, a tia Dora, todo mundo ficou para trás, morreu com a mãe. O padrinho costumava ir à cidade, mas nada contava. De cima de sua besta, dava as últimas ordens, casmurro, distante. Quase nunca dormia fora e chegava sempre quando menos o esperavam, com a cara fechada, dando ordens, descobrindo malfeitos.

— É minha cria, mas é meio passado — disse ele, uma vez, apontando o afilhado.

Bom para o menino era estar esquecido dos outros, no pasto

entre a criação, ou na lavoura com os camaradas trabalhando a terra pacientemente. Bom também era em noite fria quentar fogo na cozinha com a preta Rosário arrastando suas histórias antigas, sem pé nem cabeça, de outros tempos, de outra fazenda, de gente morta.

— Cristino acompanha você até o espigão — disse Rosário.

Foi quando a preta e o menino estremeceram, denunciados, ao ouvir o padrinho gritar lá de dentro da casa:

— Chico, diabo!

O padrinho andava sempre por perto, com o passo duro, a cara amarrada, a mão cruel. Parece que adivinhava tudo. Chico olhou dentro dos olhos vermelhos de Rosário, pedindo auxílio. Ia sair correndo, mas tropeçou com mau jeito e caiu. Levantou-se, limpando as calças remendadas que desciam até o meio das canelas.

— Chico — gritou de novo o padrinho, agora de pé na soleira da porta dos fundos.

A chaminé soprava um grosso rolo de fumo, tão preto que parecia expelir a escuridão da cozinha.

— Ah, que perrengue — exclamou Rosário, com a mão nervosa no ar, o beiço caído.

O padrinho vinha tilintando as esporas nos calcanhares e de seu andar se desprendiam pequenos estalidos como de um animal arreado. Apertava na mão o cabo do relho. Chegou-se bem perto do menino, começou a bater o relho na bota como uma cascavel.

— Faz isso, não, seu Rodolfo — suplicou Rosário, mas o padrinho ainda não tinha feito nada.

— Cala a boca, negra imunda — disse seu Rodolfo, e a preta persignou-se e enveredou para dentro de casa, invocando, assustada, os santos e os anjos do céu. — Devia estar recolhendo o gado — disse o padrinho, puxando o menino pela orelha.

Chico, de olhos baixos, só via os próprios pés, sujos de lama. Seu Rodolfo esticava aqueles momentos, falava arrastado, com gestos vagarosos. Depois, como um raio, caía de pancada em cima do menino.

— Seu pai nunca te exemplou — disse.

Chico observou-o com o rabo do olho: tinha medo de um golpe com a mão direita, que segurava o relho. A chicotada estava ali, inevitável como o bote de uma cobra. Mas foi da mão esquerda que partiu a bofetada que o lançou ao chão e tirou sangue do seu nariz. Depois começou a apanhar de chicote e escondia o rosto nos braços, apertava as mãos na cabeça, virava-se de costas.

— Vai lavar esse sangue ruim — disse por fim seu Rodolfo, e desapareceu de supetão.

Chico limpou o nariz na fralda da camisa, que ficou manchada de sangue. Saiu andando devagar, desceu em direção ao curral, junto a uma pedra parou, sentou-se. Uma vaca mugiu tristemente. A brisa cheirava a azedo, impregnada da lavagem dos capados, que grunhiam mais adiante, no chiqueiro. O mundo, o sítio, tudo estava distante, vazio, feito de nada. Só um corpo existia, doía; o corpo de um menino, de Chico. As lágrimas começaram a correr-lhe pelo rosto. Tinha pena de si mesmo como se o menino que chorava não fosse o mesmo que acabara de apanhar. Mas ninguém ouvia os seus soluços, que se enrolavam no grunhido satisfeito dos porcos e se perdiam no vento.

Não deu conta do tempo que passou. Quando viu, estava de olhos secos e Rosário o empurrava para a fuga.

— Eh, a matula e os seus trapos — disse ela, dobrando-se para encostar seu rosto no rosto do menino. — Cristino te espera na porteira, te leva ao espigão, para seu Rodolfo não desconfiar — engrolou a preta, e saiu apressada, alta, fina, como uma bruxa de pano, de carapinha escondida por um xale vermelho.

Quando Rosário sumiu lá em cima, Chico levantou-se, fungando, e esfregou os olhos com as costas da mão. Estava todo dolorido. Tinha um vergão no rosto, mas a chicotada no ombro é que deixara marca mais viva. Ardia. O nariz por dentro estava grosso, arenoso, com o sangue talhado. Segurou a trouxa debaixo do braço e tomou a trilha aberta entre o capim. Pouco adiante, apertou o passo, quase correndo. Na porteira encontrou Cristino, com a sua cara de bobo, sempre regougando, rindo.

— Alcança o morro do Urubu, passa o capão, quebra às direitas e segue em frente — disse Cristino, no espigão.

Chico foi descendo o morro como se o seu corpo rolasse sozinho, oco. O vento enfunava sua roupa, soprava contra seu rosto, zumbia nos seus ouvidos. Há quase dois anos, agarrado ao cinturão do padrinho, fizera a cavalo aquela viagem, mas sem passar pelo atalho da mata. Só muito lá embaixo se lembrou de abanar a mão a Cristino, que deu meia-volta e desapareceu. Temia que o padrinho judiasse com ele, assim como embirrasse com Rosário.

A noite que vinha vindo mergulhava as várzeas na sombra, mas o sol, meio mortiço, ainda tonsurava o cocuruto dos morros. O horizonte se prolongava para lá das montanhas distantes, deitadas, imóveis como imensos animais em repouso. Chico já não via o sítio do padrinho. Não queria vê-lo, tinha certeza de que nunca mais o veria. Era agora tocar para a frente, botar o pé no mundo, como queria Rosário. Não podia parar, não parou. Escalou o morro do Urubu, desceu do outro lado até encontrar umas poucas casas humildes, silenciosas. Era noite fechada então. Como já desse parte de cansado, arrimou-se na roda de um carro de bois abandonado. Tinha medo do que vinha depois, hesitava sobre o rumo certo.

— Que está fazendo aí, alma penada?

Um velho meio corcunda, de passo miúdo, cauteloso, surgiu diante dele.

— Que é, menino? — insistiu, intrigado. E sem cerimônia, com impertinência, começou a examinar o menino de alto a baixo.

— Vem — disse afinal.

Chico seguiu-o, até uma casa bem lá no fundo. Nos arredores, alguém tocava um violão, cantando com voz fanhosa. Uma pequena janela piscava, triste, pela luz trêmula de um lampião. O velho abriu a porta, velho e menino entraram. Na saleta da frente, com uns bancos de pau, uma mesa encardida, uma estampa de são Sebastião na parede, o velho, de costas como se escondesse um segredo, demorou a acender uma lamparina.

— Já comeu? — perguntou.

Chico espiou-o, de olhos estatelados. O velho fez um muxoxo e entrou pelo corredor, como se estivesse sozinho. O menino acompanhou-o.

— Pode pousar aqui — disse o velho, e, deixando a lamparina em cima de uma canastra, retirou-se sem olhar o menino.

O quarto era pequeno, com um teto de esteira, baixo. Estava entulhado de objetos imprestáveis. O catre era sujo, manchado. Chico sentiu uma cosquinha no nariz, quis evitar o espirro, mas espirrou. O ar cheirava a mofo, a couro, a suor velho. Com a trouxinha de roupa no chão, Chico abriu o embrulho da matula que Rosário lhe tinha preparado e comeu, com a boca seca, a broa de fubá, toda quebrada. Depois ajoelhou-se e, com a mão trêmula, persignou-se: Pelo sinal da Santa Cruz, livre-nos Deus Nosso Senhor dos nossos inimigos. Em nome do Padre, do Filho e do Espírito Santo. Rezou três ave-marias, para ganhar coragem. O catre estalava ameaçador.

Vestido como estava, deitou-se de lado, todo encolhido, como se não quisesse ocupar espaço. Uma mulher de voz rouca, do outro lado da casa, falava alguma coisa que ele não entendia. Depois se calou. A lamparina enchia o quarto de sombras. De repente, como se alguém invisível a tivesse soprado, apagou-se. Chico permanecia imóvel, de olhos abertos. Achava que não ia dormir. Um rato chiou debaixo da cama e correu para junto dos trastes encostados a um canto. Ao chiar de novo, o menino já não o ouviu. Estava ferrado no sono.

Acordou assustado, quando um galo, junto da janela, bateu asas e cantou. Entorpecido, cheio de cãibras, Chico sentou-se na cama. Outros galos, à distância, confirmaram que ia nascer mais um dia. Sentiu-se preso naquela escuridão desconhecida, quieta. Levantou-se, abriu a porta sem fazer barulho e saiu para o corredor. Precisava libertar-se, fugir. Custou a tirar a tranca da porta da frente. Alguém tossiu lá dentro: devia ser a mulher de voz rouca, pronta quem sabe para pular fora da cama. Chico foi parar diante de uma pinguela, que atravessou agarrado a um mainel de embira. Podia enxergar o caminho. Um cachorro veio correndo, excitado, e lambeu-lhe os pés alegremente. Depois, de orelhas em pé, curiosas, ensaiou um latido e ficou a observá-lo à distância. O capim estava úmido de orvalho. Um grilo serrava o ar fino da madrugada. A dois passos, encoberto pela vegetação, o riacho gargarejava sua água fria, limpa. Antes de tomar a estrada, Chico parou e olhou o céu pontilhado de estrelas. Por um momento, tudo permaneceu em silêncio. O próprio riacho calou seu fresco murmúrio. As coisas, tal qual o menino, suspenderam a respiração. O frio tornou-se mais intenso, beliscava-lhe o rosto. Chico deu falta de alguma coisa: a trouxa tinha ficado lá. Nem pensou em voltar. Só queria seguir em frente, chegar. Não tardou muito, o sol rebentou cheio de cores por trás das montanhas estremunhadas.

    O atalho por dentro do capão era como um túnel de verdura, sombrio. O dia claro ficara lá fora, com seu sol, seu céu azul, de nuvens brancas, arrepiadas. Chico abria caminho por entre os cipós, os espinhos, a erva-de-passarinho. Receava topar com alguma cobra, escondida por baixo das folhas secas. E quando distinguiu o ruído de alguma coisa se mexendo, viva, à sua frente, parou, com o coração aos pulos. Mas era um coelho-do-mato, que veio correndo, no seu estica-e-encolhe, e de repente ficou imóvel na trilha, de olhos assustados. O menino e o coelho se olharam, inocentes, inofensivos. Depois cada um seguiu o seu caminho. Foi um alívio quando a passagem se abriu, nua, sobre os campos queimados, com um exército de cupins a perder de vista, tristonhos, estúpidos. Chico retomou a estradinha, confiante. Uma tropa de burros carregados de lenha passou por ele, com a madrinha guizalhando à frente.

— Bons dias — disse o tropeiro.

    Só foi encontrar gente de novo quando, da estrada, avistou um retiro. Aproximou-se cautelosamente e viu que tudo era como de costume — as vacas pacientes, matronais, de bezerro amarrado, o leite espumando no balde, o cheiro fresco do estrume, os retirantes de pé no chão.

— Oi — disseram a Chico.

O leite quente, tirado na hora, gorgolejou nos ocos de sua barriga em jejum. Depois o estômago ficou embrulhado, doendo em pontadas finas. Minou em sua testa um suor frio. Chico afastou-se, com a vista turva, com vontade de vomitar. Lá longe, no meio do campo, deitou-se de costas, com a cara voltada para o céu enorme, cheio de urubus que planavam alto, serenos. Sentiu uma tontura boa, de embalo. Uma borboleta veio voando aflita, ao léu, e pousou em sua testa. Chico apanhou-a e, de pé, pôs-se a observá-la na palma de sua mão. Depois, com um impulso, devolveu-a ao vento, que a foi soprando, acima e abaixo, até se perder de vista.

A fome apertou depois do meio-dia, mas Chico não esperava comer senão quando chegasse à casa da tia Dora. Não pensava em comida. Agora ia absorto nos passarinhos que encontrava pelo caminho. Ajuntou umas pedras no bolso e espantava, a pedradas, os anus que pousavam por perto dele. Só andou ligeiro na última etapa, para entrar na cidade, que encontrou quieta, espapaçada ao sol. Ao chegar ao largo, o relógio da igreja badalava quatro horas, preguiçosamente.

A chácara da tia Dora ficava do outro lado, depois de atravessar a cidade. Sem querer, Chico tomou primeiro a direita e entrou pela rua em que tinha morado. Os pés lhe doíam, estava cansado, roto, sujo. Os braços e sobretudo as pernas tinham cicatrizes feias, escuras. As poucas pessoas que passavam por ele não pareciam ver aquele menino franzino que ia em busca de um encontro, de alguma coisa que nem sabia o que era. Andava torto, mancando de um pé. Finalmente, ali estava a casa. Parou do outro lado da rua. Era a mesma casa, com seis janelas na frente, a porta no meio, ao lado o portão que levava ao quintal. A copa da primeira mangueira era visível da rua. A porta e todas as janelas estavam fechadas. Era uma casa morta, sem pai, nem mãe, nem cachorro, nem gato, nem fogão aceso. Chico lembrou-se de sua mãe. Morta, no caixão, tinha os olhos fechados e estava quieta como agora estava aquela casa de janelas fechadas, imperturbável. Dois meninos, entretidos com um alçapão, vieram se aproximando, pararam diante da primeira janela — o quarto dos mais velhos. Perceberam Chico do outro lado da rua, por um momento levantaram para ele um olhar de estranheza. Não sabiam quem era aquele menino de cabelos desarrumados e cara lanhada. Timidamente, Chico afastou-se, como se afasta um cachorro que chega ali por engano mas não é daquela rua, de nenhuma daquelas casas, de nenhum morador, de ninguém.

A entrada da chácara da tia Dora, porém, não tinha mudado. O portão era o mesmo, pelo muro a mesma trepadeira derramava os seus galhos. Quando deu a volta à aldrava e empurrou o portão, a sineta anunciou a sua presença como antigamente. Estava com fome, mas sobretudo estava morto de sede. Atravessou o pátio calçado de pedras largas e foi olhar debaixo da varanda, onde se recolhiam as montarias dos que ali pousavam pelo tempo bastante de tomar um café com quitandas. Nenhum animal, apenas uma pequena carroça abandonada. Subiu a escada, até o alpendre entulhado de samambaias. Não se espantaria se, de repente, a porta se abrisse e, ajeitando o coque de cabelos pretos e compridos, aparecesse sua mãe. Por um instante ficou indeciso. Espiou lá fora a estrada seca, poeirenta. Tinha sede, agora sobretudo morria de sede. Ao longe, um carro de bois chiava molengamente ladeira acima.

— Que aparição é essa? — de repente a porta se abriu e surgiu tia Dora, espantada. — Francisco, é você?

A voz era igual à de sua mãe. Tia Dora, no seu porte desempenado, acavalou os óculos no nariz e aproximou-se de Chico.

— Deus te abençoe, meu filho.

Tomou-lhe as mãos, examinou-lhe o rosto com horror:

— Ave Maria, que é que fizeram desse menino! Ah se a pobre de sua mãe encontrasse um filho nesse estado, Francisco!

Em seguida, arrastou-o para dentro de casa. Atarantada, largou-o na sala de jantar:

—Vou já-já cuidar de você, criatura de Deus — anunciou.

A sala estava mergulhada numa penumbra boa, antiga. As cadeiras em torno da mesa, o guarda-louça de portas de vidro, o quadro da Ceia do Senhor na parede — tudo respirava permanência. E ao canto, como sempre, a talha. A talha gorda, úmida, maternal. A talha, rotunda de água fresca, olhava o menino sedento. Uma talha de barro vermelho, em cima do mármore branco, a um canto da sala, era tudo que Chico vinha perseguindo, era tudo que lhe faltava — assim diziam os seus olhos caídos, sua cara descorada, seus pés tortos, magrelos.

— Vou já te dar de comer, Francisco — disse tia Dora, voltando, estabanada, à sala de jantar.

Nesse momento, tocou a sineta do portão de entrada. Tia Dora e Chico ficaram imóveis, à escuta. Um animal bem ferrado pisou firme as pedras do pátio e veio resfolegar junto à escada. Tia Dora chegou à janela, adivinhou o que se passava e correu à varanda.

— Ó de casa — gritou seu Rodolfo, subindo os degraus com as esporas tilintando nos calcanhares.

— Seu Rodolfo, o senhor não tem alma — exclamou ela, com altivez.

— Qual, dona Dora, vim buscar minha cria — disse seu Rodolfo, com a chibata na mão. — Isto são manhas.

Chico não ouviu mais nada. Abalou-se pela casa adentro, saiu pela porta dos fundos, correndo sem rumo. Algumas galinhas, espantadas com a sua passagem, cacarejaram alto. Chico foi parar no moinho, no fundo da chácara, à espera. Seu coração tinha disparado com a corrida, com o medo. Algumas árvores copadas ocultavam a casa, lá em cima. A terra ali era escura, úmida. Tudo estava quieto, em seus lugares, e mesmo o marulhinho da água, sempre igual, contribuía para acentuar o tom sonolento daquele refúgio. O moinho trabalhava com pausas certas, monótonas. A noite parecia chegar à chácara por aquele recanto.

— Chico! Francisco! — as vozes de seu Rodolfo e da tia Dora ecoaram lá em cima.

O menino escondeu-se no moinho. Um hálito frio se desprendia da água. Chico se esqueceu de que tinha sede. Ficou à espreita.

— Francisco! Chico! — insistiam as vozes a chamá-lo.

Passou a mão pelo rosto, sentiu a marca do relho do padrinho. A fuga, a caminhada tão longa, a noite na casa do velho desconhecido, a sede — todo o seu esforço podia ser inútil. No sítio, a vida se repetiria, como sempre. Como a vida das coisas, daquele riacho que corria incansável, do moinho que girava, e girava, e girava. O padrinho viria atrás dele, agora certamente ia apanhá-lo.

Chico fechou os olhos e atirou-se. O moinho engasgou, tentou prosseguir o seu trabalho de sempre, mas acabou parando. Um súbito silêncio desconcertou a paz daquele recanto. Só a água continuava a correr, inútil.

— Francisco! Chico! — os gritos estavam mais próximos e mais próximos, como se nada tivesse acontecido.

Mas o moinho tinha parado. E a noitinha já não deixava perceber que, depois dele, a água se tingia de sangue.

POSFÁCIO

Narrador de tocaia
AUGUSTO MASSI

para Dalton Trevisan

I

Por quarenta anos, *Boca do inferno* (1957) permaneceu um segredo bem guardado. Ao longo da vida, o escritor mineiro Otto Lara Resende recebeu vários convites para republicá-lo, porém nunca permitiu que o livro viesse novamente à luz. Ele considerava um assunto encerrado.

Em 1998, mais de cinco anos após a morte do autor, a família autorizou a reedição. Dessa vez, a recepção crítica foi amplamente favorável. A impressão geral era de que estávamos diante de uma obra-prima, afinadíssima com a sensibilidade contemporânea. Agora que uma terceira edição volta a circular entre nós, seria oportuno refletir porque um livro tão notável permaneceu tanto tempo no limbo.

O escândalo suscitado na época do seu lançamento contrasta com o recente sucesso de estima. Todavia, não acredito que esta mudança deva ser interpretada como um sinal de maturidade da nossa vida literária, tampouco que *Boca do inferno* tenha afinal encontrado o devido reconhecimento crítico. Pelo contrário, sua radicalidade, suas motivações mais profundas, seus acertos notáveis nem sequer estão visíveis. No quadro da literatura brasileira moderna, ainda ocupa um lugar discreto e secundário.

Talvez, por isso, seja útil para o leitor recuperarmos a pré-história de *Boca do inferno*. Tal escavação arqueológica pode revelar núcleos fundamentais da experiência literária de Otto Lara Resende que ficaram soterrados frente à incompreensão crítica que cercou sua obra.

O lado humano (1952), seu livro de estreia, teve uma repercussão modesta. Vinicius de Moraes registrou o seu aparecimento numa nota brevíssima e certeira: "Acabei de ler seu livro de contos, e me penitencio de não ter enxergado então nesse bicho-do-mato de São João del Rei esse lado humano, demasiado humano, que umedece, sob um estilo sem ipsilones, tão belas páginas de prosa. Que ninguém deixe de ler esse pequeno livro de contos, nove ao todo, alguns cruéis, sórdidos mesmo — mas dessa crueza tão da vida humana. Bravos, Pajé".[1]

Quem melhor lavrou o terreno, assinalando com sensi-

---

1 "*O lado humano*", por Vinicius de Moraes, Rio de Janeiro, 1952.

bilidade a entrada de Otto na cena literária, foi Rachel de Queiroz:

> Não sei se os outros já repararam na contribuição muito peculiar que dá certo grupo de mineiros à prosa nacional. Eles falam uma língua diferente da nossa, mais civilizada, mais equilibrada, mais expressiva de entretons, excelente condutora de emoções e sentimentos; uma língua que se sente tão bem no abstrato quanto no concreto, sem condoreirismos, sem dós de peito, sem modismos provincianos. A dura língua nacional parece que fica mais branda nas mãos deles, menos primária, mais plástica. O nosso trato de nordestinos já é outro, carece de delicadeza de toque, é de mão pesada; sempre damos a impressão de aprendermos a escrever depois de grandes e as histórias que contamos vêm ainda das inocências analfabetas da infância. Eles, ao contrário, sem serem herméticos nem pretensiosos, escrevem numa verdadeira língua de intelectuais. Mas, não são machadianos nem gracilianescos; há em quase todos esses mineiros, em dose maior ou menor, um sentido do lírico particularmente profundo e constante, que os dois mestres não conheciam. Nem o estilo da ironia é a mesma; que os mineiros, quando são irônicos, o são a seu modo particular — uma espécie de ironia por omissão.[2]

Se Rachel de Queiroz dedicou um parágrafo inteiro à sociologia literária, inserindo o jovem escritor na linhagem dos modernos prosadores mineiros — sistematizada de forma defi-

---

2 "O lado humano", por Rachel de Queiroz, in: *O Cruzeiro*, Rio de Janeiro, 15 ago. 1953.

nitiva por Antonio Candido em "Drummond prosador"[3] —, no parágrafo seguinte, ela trata de sublinhar traços estilísticos que compõem a personalidade singular do autor:

> Muita gente já me disse que os contos de Otto Lara Resende lembram bastante Katherine Mansfield. É possível. Mas, há entre ambos essa indefinível porém imensa diferença que vai entre o masculino e o feminino, que separa escrito de homem e escrito de mulher. Porque através da brandura da linguagem, da delicadeza da apresentação, existe nas histórias de Otto Lara uma dureza, certa crueldade mal encoberta, que a nossa doce Katherine jamais conheceu. A gente nunca sabe se ele gosta completamente de seus personagens, ou se, embora se comovendo com eles, também os despreza um pouco. Porque o autor parece que sempre fica à espreita, zombando devagar, ou do herói, ou de nós, ou de todos. É aquela ironia por omissão, de que falei acima.

Não escapou a Vinicius de Morais nem a Rachel de Queiroz uma das características centrais do estilo de Otto: a matéria sórdida camuflada sob uma prosa limpa. Cada frase de *O lado humano* lança sobre seus personagens o ácido cruel da observação, expondo-os em carne viva a um cotidiano de assédio, humilhações e linchamentos.

Os nove contos remetem ao Rio de Janeiro, início da

---

[3] "Drummond prosador", in: *Recortes*. Rio de Janeiro: Ouro sobre Azul, 2004 (3ª edição revista pelo autor).

década de 1950, sob uma atmosfera conservadora e burocrática. Homens e mulheres se contemplam no espelhinho da infelicidade, hesitam entre pequenos poderes e imensos pudores, entre recato público e vida dupla. Otto se insinua pelas frestas ficcionais da classe média, atritando ainda mais as relações entre sociabilidade e sexualidade, vizinho de *A vida como ela é* (1951), de Nelson Rodrigues, e *Novelas nada exemplares* (1959), de Dalton Trevisan.

Se é possível identificar traços estilísticos semelhantes entre *O lado humano* e o livro seguinte, *Boca do inferno*, do ponto de vista da fatura artística, uma enorme distância separa as duas obras. Embora permaneça fiel à herança realista, Otto Lara Resende introduz três novidades em *Boca do inferno*, sinalizando uma virada radical na sua perspectiva literária. As mudanças são extensas: espaço, tempo e tema. Todas visam uma redução estratégica: a grande cidade é substituída pela cidade do interior, a idade adulta é preterida pela infância e a diversidade de assuntos converte-se em unidade temática.

Na contramão da literatura brasileira moderna, que rumava do campo para cidade, Otto redirecionou seu olhar para o interior. Sem esboçar qualquer traço regressivo, o prosador mineiro persegue um espaço urbano mais profundo, impregnado pela história, urdido por diversas camadas de tempo. Em contraponto ao Rio de Janeiro, que, de Machado a Nelson

Rodrigues, sempre testemunhou uma crescente especulação real e imaginária em torno de seus personagens, bairros e subúrbios; em contraste com Curitiba, musa provinciana que Dalton Trevisan canta e desanca, buscando conferir cidadania literária a João e Maria; São João del Rei, antigo arraial do Rio das Mortes, é uma cidade histórica acostumada às rivalidades temporais, alterna ciclos de riqueza e decadência, oscila entre o capão da traição e a relativa intimidade entre vivos e mortos. Os desdobramentos são complexos.[4]

Se o espaço da grande cidade é propício à experiência da modernidade, o antigo traçado da cidade colonial mineira expõe sua população a uma topografia sentimental acidentada, construída sobre uma dialética de lembranças e esquecimentos. A urbanização irregular porém concentrada em torno da praça principal, dos adros das igrejas, da câmara, da cadeia, do pelourinho, dos cemitérios e da toponímia das ruas (rua direita, rua nova etc.) ora favorece a expansão de territórios do imaginário, ora define uma cartografia de limites e interditos. Minas parece possuir contornos próprios.

As garras temporais da história coletiva penetram fundo na experiência individual. A infância e a adolescência de Otto

---

[4] "Em São João del Rei, onde nasci e me criei, cemitério se debruça na rua, está junto das igrejas. Os mortos ficam espiando os vivos, com o olho irônico do *undiscovered country*", "Entrevista de Otto Lara Resende a Leo Gilson Ribeiro", in: *Jornal da Tarde*, São Paulo, 31 jan. 1976. Republicada em *Três Ottos por Otto Lara Resende*. Org. Tatiana Longo dos Santos. São Paulo: Instituto Moreira Salles, 2002.

estiveram envoltas pelo halo de uma intensa religiosidade e pela rígida disciplina escolar. O tradicional Caraça, o Instituto Padre Machado, em São João del Rei, o célebre Colégio Arnaldo, em Belo Horizonte, estão naturalmente entrelaçados à narrativa de diversas gerações, representam veios profundos da formação familiar e intelectual mineira.

A mudança espacial vem atrelada a um recuo temporal. Em *Boca do inferno* todos os personagens adultos de *O lado humano* são postos à margem, e a infância, período que sempre magnetizou o escritor, passa a configurar o núcleo central da sua ficção. A reviravolta foi de tal ordem que, sem exceção, todos os protagonistas do novo livro são crianças. Ao que tudo indica, esse projeto era quase uma ideia fixa.

Paralelamente, desde a mais remota infância, ser escritor era uma verdadeira obsessão. Dos onze aos vinte anos, Otto manteve um diário onde registrava seu cotidiano de interno no Instituto Padre Machado, dirigido pelo pai, Antônio de Lara Resende. Segundo depoimento do próprio autor, naquelas páginas "anotava coisas meio rebeldes, meio pecaminosas" e as escrevia "com um 'autossentido' vingativo dos adultos".[5]

Ao terminar o ginásio, em 1938, já havia posto um ponto final em *O monograma*, conjunto de nove histórias, quase todas ambientadas num internato. Pouco tempo depois, escreve nova série de contos que pretendia reunir sob o título de *Família*. Do

[5] *Escritores brasileiros contemporâneos*, de Renard Perez, 2ª série. Rio de Janeiro: Civilização Brasileira, 1971.

núcleo original sobreviveram apenas "O pai" (*Folha de Minas*, Belo Horizonte, 30 abr. 1944), "A tia" (*O Jornal*, Rio de Janeiro, 23 fev. 1944) e "O avô". O traço que singulariza a coletânea é que, a cada relato, o jovem escritor explorava uma patologia visual: cegueira, estrabismo etc. Um narrador, sempre em primeira pessoa, no limiar da infância para a adolescência, buscava estabelecer uma correspondência entre suas relações afetivas e a percepção do mundo.

Outra leva de contos, elaborados no final da década de 1940, permaneceu dispersa em jornais e revistas. Vale a pena destacar "A culpa" (1944),[6] "Fuga e persistência da imagem" (*Diário Carioca*, Rio de Janeiro, 27 jul. 1947), "Remorso" (*Diário Carioca*, 24 ago. 1947) e "Execução pela alvorada" (*Diário Carioca*, 30 jan. 1949). Pelos títulos, passamos da psicopatologia à teoria psicanalítica. Os três primeiros enveredam por uma sondagem introspectiva, hesitando entre revelar ou manter segredo sobre fatos recalcados por um narrador em primeira pessoa. O último conto, de atmosfera kafkiana, expõe a indiferença de três amigos frente àquele que, condenado à morte, será executado pela manhã. Através de belas associações oníricas, no desfecho da narrativa há uma sobreposição de vários espaços, onde se fundem um salão de festa, o refeitório de um colégio e o pátio da casa paterna. Ao longo de toda sua obra, essa é uma

---

6 "A culpa" foi publicado, originalmente, na *Revista Brasileira*, Rio de Janeiro, n. 15, órgão da Academia Brasileira de Letras, dez. 1945. Republicado no *Diário Carioca*, Rio de Janeiro, 28 set. 1947; e, por fim, na *Ilustração Brasileira*, Rio de Janeiro, n. 220, ago. 1953.

das raras passagens em que a ficção sugere um desvelamento de experiências vividas pelo escritor.

Todos esses documentos arqueológicos são uma prova irrefutável de que, bem antes de *Boca do inferno*, Otto já se aventurava pelo território da infância e da família em chave ficcional. Como o leitor pode notar, o esforço de interpretação exige paciência para juntar peças, trazer à tona vestígios materiais, datar corretamente certos fósseis, recriando assim uma demoníaca narrativa de detalhes que pode nos oferecer um retrato do artista quando jovem.

Otto não estava apenas se familiarizando com o tema, simultaneamente, pretendia dominar a técnica do conto. O longo convívio com a matéria literária não surtiria efeito se não houvesse avanços no campo formal. Se nas tentativas anteriores a *Boca do inferno*, o escritor privilegiava a perspectiva do adulto, a partir de agora, haverá um deslocamento do ponto de vista. A violência e o desencantamento do mundo irrompem na pequena cidade, no seio da família, no redemoinho da infância.

II

Boca do inferno não passou desapercebido. Pelo contrário, provocou reações exasperadas e explosivas, gerando um profundo mal-estar no meio literário. Reconstituir parte dessa recepção crítica talvez nos ajude a compreender as recusas do escritor em republicá-lo. Apesar de hoje tais restrições soarem frágeis e datadas, conseguiram manter o livro numa vasta zona de sombra.

Quem for ler as resenhas da época verá que além de ter sido duramente criticado, o livro também foi objeto de intenso debate e alvo de uma campanha quase difamatória. De um total de 35 resenhas, cujo levantamento decerto não é completo, a maioria foi estampada em jornais e revistas do Rio de Janeiro e, pouquíssimas, em Belo Horizonte e São Paulo. Deste conjunto, trinta podem ser classificadas como negativas (algumas bem negativas) e somente cinco favoráveis, sendo que, dentre elas, uma foi escrita por Hélio Pellegrino e outra por Paulo Mendes Campos, amigos do escritor.

Os argumentos podem ser divididos em quatro grupos. O primeiro é composto por leituras restritivas e demolidoras. Por exemplo, a resenha do hoje respeitado crítico de artes plásticas José Roberto Teixeira Leite (*Revista da Semana*, Rio de Janeiro, 23 fev. 1957) abre com "Verdadeira decepção" e arremata com "O contista é fraco". O romancista Assis Brasil bate na mesma tecla: "Seus contos são velhos na forma e no conteúdo", "de valor artístico medíocre", "pobre e, por vezes, de mau gosto" (Suplemento Dominical do *Jornal do Brasil*, Rio de Janeiro, 12 maio 1957).

No segundo grupo, as objeções resvalam no fundo moral. Alguns críticos assumem ares de indignação, outros adotam um tom quase jocoso. Roberto Simões (*Para Todos*, Rio de Janeiro, 22 dez. 1957), apesar de reconhecer qualidades no autor — "um dos melhores contistas de sua geração, ao lado de Samuel Rawet e Ricardo Ramos" —, refuta o seu pessimismo e ataca asperamente "Três pares de patins":

> Não podemos conceber a prostituição na infância. Que ela possua um instinto sexual, que tente descobrir num ato desta natureza o seu sentido de magia, que isso seja, inclusive, o fruto cobiçado por qualquer menino, concordamos plenamente. Com que não concordamos é que a criança pratique o ato, o que se agrava porque é feito por dois irmãos (um casal de irmãos, detalhando melhor) e, em seguida, pela menina e um companheiro do garoto, com a conivência e aquiescência deste. Este conto chega a ser grave, pelo que tem de falta de pudor, pelo que revela de criminalidade.

Temístocles Linhares (*Diário de Notícias*, Rio de Janeiro, 14 abr. 1957) refere-se aos "monstrinhos de Otto Lara Resende"; Ruy Santos (*Tribuna da Imprensa*, Rio de Janeiro, 10 mar. 1957) e Reynaldo Jardim (Suplemento Dominical do *Jornal do Brasil*, Rio de Janeiro, 17 mar. 1957) fazem menções ao Serviço de Assistência a Menores (SAM). Este último sugere: "Não teria sido mais conveniente tê-las publicado como memórias anônimas de um ex-bedel do SAM". Por ironia da história, Otto parece ter respondido à provocação com o romance *O braço direito*.

O terceiro grupo se pauta por uma retórica do equilíbrio.

Após tecerem elogios ao domínio técnico do contista, logo trocam o juízo estético favorável por reparos como "falta de simpatia humana", "indiferença" e "frieza" do autor. O principal representante desta vertente é o romancista Antonio Olinto, que vê "excessivo alheamento do escritor às suas histórias", não ultrapassando muitas vezes o "puro registro". Aos olhos de hoje, tudo que foi apontado como problemático talvez represente os principais acertos de Otto Lara Resende: distanciamento crítico e sobriedade narrativa.

Neste grupo ainda podemos incluir Maria Luiza Ramos (*Tendência*, Belo Horizonte, n. 1, 20 ago. 1957), que, além de cobrar uma opção pelo romance ao invés dos contos ("narrados às pressas"), desqualifica o desenlace de "Dois irmãos" e "O porão", como inverossímeis. Bernardo Gersen (*Diário de Notícias*, 31 mar. 1957) repete a estratégia, começa cobrando maior grau de verossimilhança em "O porão" e "Três pares de patins" e termina elogiando a densidade da atmosfera noturna, a acuidade psicológica e a audácia da concepção: "três ou quatro contos de *Boca do inferno* figuram entre os mais fortes que temos lido nos últimos anos".

É óbvio que a maioria dessas resenhas não ultrapassa as exigências mínimas da crítica literária. Porém, alertam o leitor para o mal-estar provocado por *Boca do inferno*. Sob o fogo cruzado da polêmica, raras foram as vozes que saíram em sua defesa. A cronista Eneida inicia sua coluna no *Diário de Notícias* (Rio de Janeiro, 9 fev.1957), da seguinte forma: "Antes de ler o livro de contos de Otto Lara Resende, ouvi vários comentários. Não existem crianças tão más como ele pinta, dizem uns; as crianças que Otto Lara apresenta são monstros, diziam outros". Mais adiante, arrisca um outro viés de leitura: "Muito más as crianças personagens de Otto Lara, mas muito pior que elas são os adultos que as cercam".

A própria figura do escritor passa a ser invocada como antídoto para neutralizar o efeito devastador causado pelo livro. Odylo Costa Filho (*Jornal do Brasil*, Rio de Janeiro, 17 mar. 1957) se viu obrigado a escrever o artigo "Otto, o bom":

> Otto Lara Resende está sendo vítima, a esta hora, pela publicação do seu segundo livro de contos, de uma das ondas de incompreensão mais pasmosas que jamais desabaram sobre um escritor brasileiro, e de que me assombra ver participar um crítico da experiência do meu caro Rosário Fusco.

Ninguém conseguia entender como uma pessoa tão alegre podia criar uma obra tão sombria?

Otto não respondeu aos ataques. Todavia, numa carta de 28 de julho de 1957, incluída na recém-publicada correspondência com Fernando Sabino, reagiu furiosamente ao rodapé de Wilson Martins: "Acordei com o André me entregando um envelope dentro do qual Fernando Lara Resende me mandou o artigo do Wilson Martins. Você viu? Que pausado e frio estilo para dizer que sou uma besta, um mediocrão!". E volta à carga: "Sei que fui esculhambado deprimentemente pelo tal de Martins, criticozinho filho da puta! Honestidade intelectual é pau no cu!".[7]

A revolta se explica pelo teor negativo dos argumentos do crítico que, diga-se de passagem, confirma o seu enorme talento para errar na mosca: "Tomando por tema 'os meninos em luta com a sua infinita e secreta liberdade' o sr. Otto Lara Resende não tem imaginação suficiente nem para criar situações excepcionais"; "Quanto aos temas, pode-se, pois, dizer que ele se mantém, invariavelmente, ao nível do lugar-comum"; "Quanto ao estilo o sr. Otto Lara Resende raia a banalidade".

Para piorar a situação, somaram-se às objeções da crítica literária o discurso da tradicional família mineira, do meio intelectual católico e até de vizinhos anônimos. Primeiro, Otto recebeu uma carta através da qual Antônio de Lara Resende manifestava seu profundo descontentamento. Dizem que Otto respondeu ao pai, cerca de sessenta páginas, nas quais pedia desculpas e, ao mesmo tempo, defendia o livro.[8] Em seguida, veio uma carta de protesto assinada pelo jurista e católico fervo-

---

[7] Carta de Otto, Bruxelas, 28 jul. 1957, in: *O Rio é tão longe: Cartas a Fernando Sabino*. Intr. e notas Humberto Werneck. São Paulo: Companhia das Letras, 2011.

[8] A informação sobre a dramática troca de cartas entre pai e filho consta em *Otto Lara Resende: a poeira da glória*, de Benício Medeiros (Rio Janeiro: Relume Dumará, 1998). Entretanto, nos arquivos do escritor, no Instituto Moreira Salles, não há registro de tal correspondência. A única menção que encontrei figura na carta de 4 de agosto de 1957, na qual Fernando Sabino tenta minimizar o impacto das reações negativas do pai e do círculo católico: "Encontrei Padre Agnaldo no Mosteiro de São Bento (todos lá perguntam muito por você, leram seu livro, Dom Basílio especialmente, Dom Marcos, Dom Justino, comentários apaixonados). Disse

roso Sobral Pinto. E as coisas não pararam por aí, como relembra o contista: "Fui espinafrado em todos os tons. Mereci até um sermão. Contra o meu pobre livro, evidentemente. Recebi carta anônima. Escreveram na minha porta com tinta fecal".[9]

Fechando este balanço, passemos às resenhas favoráveis. No calor da hora, apenas três críticos saíram em defesa da obra: Eduardo Portella (*Correio da Manhã*, Rio de Janeiro, 23 mar. 1957), Hélio Pellegrino (*Jornal do Brasil*, Rio de Janeiro, 28 mar. 1957) e Paulo Mendes Campos (*Para Todos*, 2ª quinzena abr./ 1ª quinzena maio 1957). Do primeiro, creio que a observação mais relevante foi alinhar os contos de Otto à crescente "consciência lírica, lúcida e lógica, presente na ficção de Guimarães Rosa e na poesia de João Cabral de Melo Neto". Afora a sugestão de que o escritor deveria contestar os críticos com duas máximas de Gide — "É com bons sentimentos que se faz má literatura" e "Não existe obra de arte sem a colaboração do demônio" —, Portella não avança na compreensão da obra. Em abstrato, reconhece o valor das narrativas, mas passa longe das preocupações centrais do autor. É tão convencional que enxerga na prosa de Otto quase um desprezo pela linguagem popular, definindo-a como "uma língua sem geografia". E onde entraria o "sentimento íntimo de Minas"?

(P. Agnaldo) que seu pai ficou arrasado com o *Boca*, 'logo o meu filho, um educador!. Que concepção de infância!'. Mas ele acabou gostando", in: *O Rio é tão longe*, op. cit.
9 Entrevista a Leo Gilson Ribeiro, op. cit.

Infelizmente, o texto de Hélio Pellegrino também deixa a desejar. Trata mais de fazer a defesa do amigo do que de arriscar uma interpretação pessoal do livro. No extremo oposto, temos a breve, contundente e aguda reflexão de Paulo Mendes Campos: "Eis aqui um livro de contos e sem literatura. As sete narrativas reunidas em *Boca do inferno* são descarnadas, agressivas e deprimentes como argumentos cinematográficos do neorrealismo italiano. Os enredos esquemáticos pouco importam: o ângulo quase de documentário em que se coloca o narrador dessas sete histórias sobre meninos define o livro".

Diferente dos escritores que utilizam a provocação e o escândalo como estratégia para desafiar o leitor, Otto não cultivava a polêmica. Lá no fundo, tinha consciência do teor explosivo da sua matéria ficcional, só não estava preparado para a discussão que se armou em torno dela. E, talvez, tenha se ressentido da ausência de vozes críticas que naquela década ainda militavam nos suplementos: Antonio Candido, Otto Maria Carpeaux, Sérgio Buarque de Holanda ou Sérgio Milliet. Ferido e isolado, o escritor cedeu à cruzada conservadora e difamatória e acabou se afastando do livro. O estrago estava feito. E foi brutal. Otto nunca mais republicou *Boca do inferno*.

Espichando a conversa em torno da recepção crítica, é preciso frisar que o livro também causou desconforto entre os modernistas, alguns deles pertenciam ao círculo mais próximo do escritor. Se não houve propriamente incompreensão, sem dúvida, os argumentos empregados elucidam posições e ideias modernistas que estavam em jogo.

A reinvenção da infância era central para o projeto estético-político do modernismo. *Pau Brasil* (1925), *Macunaíma* (1928) e *Cobra Norato* (1931), cada um a seu modo, revisitam os nossos mitos de origem. A dimensão lúdica, o caráter experimental, a valorização do humor estão na base do *Primeiro caderno do aluno de poesia Oswald de Andrade* (1927), de *Libertinagem* (1930), de Manuel Bandeira, ou de *Poemas* (1930), de Murilo Mendes.

Após promover uma correção de rota em relação aos românticos, a infância levada a cabo pelos modernistas ficou alegremente documentada em poemas antológicos como "3 de maio", de Oswald, "Evocação do Recife", de Bandeira, ou "Infância", de Drummond. Em sincronia com o modernismo internacional, perseguiram a maturidade formal sem abdicar da condição de *enfant terrible* da história literária.

Pressionada pelo horizonte cultural modernista, simbolicamente nascida em 1922, a geração de Otto entra na cena literária sob o impacto das atrocidades cometidas durante a Segunda Grande Guerra. Em "Depoimento a contragosto" (*Correio da Manhã*, 24 nov. 1946), até hoje pouco conhecido, o jovem escritor se posiciona diante da perspectiva histórica e dos impasses literários:

A geração nova, de 39, surgiu nos passos dos mais velhos, e raramente se terá visto gente tão dócil e pacata. O que traz de novo, o que contém de seu? Realmente, a resposta será sempre um tanto desalentadora... Todavia, é inegável que a geração da Segunda Guerra aparece definida por certas características bem visíveis e distintas, menos por virtude própria que por imposição da situação histórica [...]. Encontramos, os que descobrimos a literatura por volta de 1939, um mundo em guerra e o país traído pela maioria dos seus líderes, tão carunchados e inexpressivos, sob uma ditadura [...].

No terreno literário, embora defensor fiel de Mário de Andrade, critica o sufocamento de certa cartilha modernista:

Vamos versejando e proseando dentro das correntes do dia, navegando nas águas sujas dos que vieram antes. Depois da *féerie* modernista, os classificadores fixaram as linhas da literatura atual, dispondo os grupos e organizando as facções. Qualquer livro que apareça hoje encontra já pronto o leito fácil de um esquema, tão gasto quanto verdadeiro, e será, assim, imediatamente enclausurado dentro de tal ou tal corrente, situado dentro desse ou daquele grupo, amarrado a cauda dos chefes de fila e dos guias geniais da intelectualidade. Antes de buscar o mais vago sinal da personalidade do estreante, cuida-se de descobrir — ou mesmo de inventar — as suas influências, os seus mestres, os seus mentores.

Resumindo, para a geração de Otto, a alegria não era a prova dos nove. E as diferenças de sensibilidade ficam escancaradas no comentário de Rubem Braga sobre *Boca do inferno* (*Diário de Notícias*, 19 jan. 1957):

> A sucessão desses sete contos é angustiante, o leitor não espera nunca nada de bom — e afinal quase sempre acontece o pior. Como em seu livro anterior, *O lado humano*, Otto vê a parte miserável, humilhante, embora escreva estas histórias torpes em uma linguagem limpa e cheia de pudor.
>
> O novo livro é ainda mais triste, porque trata de crianças; confesso que tive de fazer um esforço para ler até o fim, sempre me embalando na desesperada esperança de que algum desses meninos encontrasse uma saída, uma fuga pra seu destino miserável. Mas, o autor é implacável como um deus antigo, e esmaga a todos.

O único comentário favorável figura no último parágrafo:

> Guardarei com mais prazer desse livro a lembrança desses ambientes do interior, tão vivos, tão sensíveis — o cachorro sonolento, o bambual do fundo da chácara, a talha gorda, úmida, maternal, cheia de água fresca, as galinhas cacarejando lá fora, o sol caindo atrás dos morros, as vacas pacientes, o leite espumando no balde, o cheiro fresco do estrume, as árvores, os urubus, os passarinhos.

Anos mais tarde, Rubem Braga dirá: "Acho o Otto um dos melhores contistas do Brasil, embora não goste muito de ler os seus contos, porque são tristes".

Manuel Bandeira, que a partir de *Libertinagem* se converteu ao credo modernista — "Uns tomam éter, outros cocaína./ Eu já tomei tristeza, hoje tomo alegria" —, só acusa a leitura de *Boca do inferno* num comentário lateral, fixado na crônica "A chave do poema" (*Jornal do Brasil*, 3 abr. 1957): "Os enigmas da poesia concreta têm isto de bom: é que são todos decifráveis, porque todos resultam de um esforço consciente da inteligência. Não era assim com os do surrealismo, que nasciam feitos do subconsciente, recesso tão tenebroso quanto aquele porão do conto de Otto Lara Resende".

A única manifestação de franca cumplicidade partiu de Carlos Drummond de Andrade. Em 1916, havia experimentado na própria pele — verdade riscada a canivete — o que significava ser interno no Colégio Arnaldo, da Congregação do Verbo Divino, em Belo Horizonte. Dois anos depois, uma nova experiência como interno no Colégio Anchieta, da Companhia de Jesus, em Nova Friburgo, resultou em traumática expulsão, sob acusação de "insubordinação mental".[10] Segundo depoimento do poeta: "A saída brusca do colégio teve

---

10 Ambas as experiências foram registradas em dois poemas de *Boitempo* (1968-1979): "Fim da casa paterna" e "Adeus ao colégio". Ver: "Espaço e memória em *Boitempo*", de Chantal Castelli, in: *Drummond revisitado*. Org. Reynaldo Damazio. São Paulo: Unimarco, 2002.

influência enorme no desenvolvimento dos meus estudos e de toda a minha vida. Perdi a Fé. Perdi tempo. E sobretudo perdi a confiança na justiça dos que me julgavam".[11]

Talvez por isso Drummond tenha se mostrado mais sensível ao universo ficcional de Otto, registrando em versos o aparecimento do livro: "É a vida uma ferida/ a pungir n'alma das crianças?/ (O mundo não as entende)/ A secura comovida/ que lhes rompe as esquivanças/ sabe-a Otto Lara Resende" (*Correio da Manhã*, 10 fev. 1957).

III

À primeira vista, parece quase inevitável situar a prosa de Otto Lara Resende dentro do esquema moral e psicológico dos romancistas católicos brasileiros — Octávio de Faria, Cornélio Pena, Lúcio Cardoso —, engarrafados diretamente nas fábricas da ficção francesa: Georges Bernanos, Julien Green, François Mauriac, Léon Bloy. Nos exercícios de crítica que nosso jovem aspirante a escritor praticou nos anos 1940, são frequentes as citações romanescas, grandes goles de liberdade e porres diabólicos de culpa.

O braço direito, por exemplo, está perfeitamente afinado com este modelo. O único romance de Otto foi envelhecido no mesmo barril de carvalho do *Diário de um pároco de aldeia*

---

[11] "Autobiografia para uma revista", in: *Confissões de Minas* (1944). São Paulo: Cosac Naify, 2011.

(1936), de Georges Bernanos. Deste receituário formal, Otto também partilhou de um verdadeiro culto em torno do diário: "Estou inclinado a afirmar que é esse o gênero por excelência".[12] O vínculo umbilical com a tradição das confissões é tensionado pelo pecado e pela transgressão. Como bem observou Haquira Osakabe: "Via de regra, quase toda a ficção católica do período terá sua trama construída a partir de um ato sacrificial, muito próximo do crime. E todo o esforço das obras será o de especular sobre o sentido restaurador desse sacrifício".[13]

Entretanto, penso que às inflexões do romance católico não penetraram com igual intensidade no âmbito das formas breves. Tanto no conto como na novela, Otto Lara Resende parece responder a outras influências e inquietações. Não deixa de ser revelador que Lúcio Cardoso, um dos melhores representantes da corrente católica, ao comentar *Boca do inferno* sublinhe principalmente as diferenças:

> [...] os meninos do sr. Otto Lara Resende possuem na verdade características muito particulares: falam como autênticos meninos mineiros, passeiam numa paisagem que em muitos detalhes se parece mesmo com a de Minas, mas, de repente, sem aviso nenhum, começam a agir como heróis de Kafka. Ou

[12] Otto faz uma declaração de amor ao diário em "Busca da face nova", in: *Diário Carioca*, Rio de Janeiro, 6 jul. 1947.
[13] "O crime como redenção (uma aproximação aos primeiros romances católicos de 1930)", in: *Formas e mediações do trágico moderno: uma leitura do Brasil*. Orgs. Ettore Finazzi-Agró e Roberto Vecchi. São Paulo: Unimarco, 2004.

melhor, de Kafka não, mas, parentes próximos desse homem absurdo de Camus, que encontra no 'ato gratuito' uma das suas mais autênticas justificativas.[14]

Lúcio Cardoso repara que os contos de Otto se desviam da tradição intimista e psicológica do romance mineiro: "Não correspondem à introspecção clássica que orienta toda a trama de um livro como A *menina morta* — antes excedendo-se para o lado de fora".

Ironicamente, para os escritores católicos, Otto está mais próximo da literatura do absurdo. Confrontado com o ato gratuito de Gide, o absurdo de Camus e o existencialismo de Sartre talvez não passe de um catolicão. Penso que a prosa do Otto deve ser interpretada à luz dessa tensão.

Otto Lara Resende costuma ser reivindicado por outra tradição literária. Trata-se de uma vertente empenhada em desmistificar o microcosmo da infância vinculado às representações autoritárias da escola.[15] A sua certidão de nascimento é "Conto de escola" (1884), de Machado de Assis, passa à puberdade com

---

14 Ver "Diário não íntimo", coluna assinada por Lúcio Cardoso, in: A *Noite*, Rio de Janeiro, 31 jan. 1957.
15 Ver: "'Um ABC do terror': representações literárias da escola", ensaio de abordagem comparativa entre O *Ateneu*, de Raul Pompeia, e As *atribulações do pupilo Törless*, de Robert Musil, in: *Labirintos da aprendizagem: Pacto fáustico, romance de formação e outros temas de literatura comparada*, de Marcus Vinicius Mazzari. São Paulo: Editora 34, 2010.

O Ateneu (1888), de Raul Pompeia, e *Doidinho* (1933), de José Lins do Rego, e alcança sua maturidade com *Infância* (1945), de Graciliano Ramos. *O braço direito* pode ser incluído nessa linhagem romanesca. Porém, hoje, tal literatura já não agride nossa sensibilidade. As forças coercitivas da escola ou a retórica opressiva do aprendizado ficaram de tal modo engastadas no passado que, finalizada a leitura, só nos resta ficar comovidos como o diabo. É a própria condição de adultos que nos coloca a salvo. Sentimos as setas da incompreensão disparadas contra a criança, mas não compartilhamos do arco da violência. Nas notações memorialísticas de capítulos como o "Inferno", "Um cinturão" ou "Leitura", de *Infância*, discernirmos perfeitamente onde se encontram a limitação do indivíduo e a brutalidade da história social.

Boca do inferno parece palmilhar por outra estrada. Em alguns contos a aprendizagem do sadismo, as felicidades clandestinas e as máscaras da maldade irrompem exclusivamente entre meninos e meninas, sem qualquer mediação do mundo adulto. A face imaculada da inocência infantil é confrontada com o perverso polimorfo de Freud. Não basta somente compreender como a violência da história invadiu territórios da infância, mas como a história da violência tem sua matriz simbólica na própria infância.

Este veio inexplorado pela ficção brasileira e será perscrutado por Clarice Lispector desde *Perto do coração selvagem*

(1943).[16] O pêndulo do mal se desloca para o polo da perversão, penetra timidamente em "Minsk" (1947), de Graciliano Ramos, adquire voltagem lírica em "A doida" (1951), de Carlos Drummond de Andrade, e "O iniciado do vento" (1959), de Aníbal Machado, cristaliza-se na racionalização de "Idílio campestre" (1968), de Dalton Trevisan, "Pierrô da caverna" (1979), de Rubem Fonseca, e em inúmeras histórias de Luiz Vilela. Duas novelas, A testemunha silenciosa (1995), de Otto Lara Resende, e Menina a caminho (1997), de Raduan Nassar, fecham com perfeição este breve panorama. Irmanadas pela mesma visada crítica e sob uma ótica infantil, ambas registram com finura como a revolução de 1930 alterou as forças políticas, penetrou fundo na vida cotidiana, transformando todos os estratos sociais, hábitos religiosos e costumes familiares do interior do país.

Para uma compreensão matizada de Boca do inferno seria necessário inventar novas linhas de força. Penso que a célebre Carta ao pai, escrita por Kafka em 1919 (que só veio à luz em 1950, quando Max Brod, amigo e biógrafo, decidiu incorporá-la às obras completas do escritor), talvez seja o marco zero das relações entre pais e filhos no mundo moderno. O ajuste de contas adquire as características de uma interpelação judicial. Essas páginas constituem o primeiro processo movido

---

16 Ver: *Metamorfoses do Mal: Uma leitura de Clarice Lispector*, de Yudith Rosenbaum. São Paulo: Edusp, 1999.

contra a autoridade paterna que passa de juiz a réu. Desde então, sob a forma híbrida de um documento de cultura e barbárie, esta carta imaginou novos destinatários.

Tirando partido dessa reflexão, seria proveitoso associar *Boca do inferno* a determinadas experiências da ficção moderna que se arriscaram na sondagem da infância e da adolescência em atrito com o mundo caduco. No rastro da Segunda Guerra Mundial, em que pesem enormes diferenças, irrompe um grupo de narrativas situadas ostensivamente entre pureza e perversão: a poesia da recusa em *O apanhador no campo de centeio* (1951), de J. D. Salinger, a chave alegórica de *O senhor das moscas* (1954), de William Golding, o realismo perverso de *Lolita* (1955), de Vladimir Nabokov, a épica paródica de *O tambor de lata* (1959), de Günter Grass. Um sentimento generalizado de orfandade se infiltra no subsolo do pós-guerra. Em poucas décadas, a história da família passou da partilha de poder entre o casal para uma ausência dos pais perante os filhos.

Feito minas que não foram desativadas, as obras-primas do neorrealismo e da *nouvelle vague* foram pouco a pouco implodindo o mito da infância: *Alemanha, ano zero* (1948) e *Europa 51* (1952), de Roberto Rossellini, ou *Os incompreendidos* (1959), de François Truffaut. No fundo, pouco importa se Otto Lara Resende, crítico de cinema temporário do *Última Hora*, sob pseudônimo de J.O., assistiu ou não a esses filmes, o fato decisivo é que o neorrealismo arrastou as crianças para o centro dos acontecimentos, introduzindo-as no cotidiano da guerra, na vida social das grandes cidades, em situações de tonalidades trágicas, por vezes crispada pelo trivial, como em *Paisá* (1946), de Rossellini, ou *Ladrões de bicicleta* (1948), de Vittorio De Sica.

Tal dimensão não escapou ao comentário agudo de Paulo Mendes Campos: "As sete narrativas reunidas em *Boca do inferno* são descarnadas, agressivas e deprimentes como argumentos cinematográficos do neorrealismo italiano". Essa pulsão já estava presente em "A pedrada", um dos contos mais duros e comoventes de *O lado humano*. A exemplo dos clássicos neorrealistas, as ações são costuradas pela linha invisível da naturalidade. Num zigue-zague magistral, Otto confecciona com farrapos do cotidiano um tecido dramático. A crueldade da infância está toda lá, entrincheirada no campo de batalha do bairro Parque Proletário, estampada na fúria de dois garotos comandados por uma menina, cujo apelido é Juca, e investe com pedras e gritos contra um homossexual.

A originalidade de Otto reside nesta capacidade de articular correntes conflitantes — catolicismo, existencialismo ou neorrealismo —, compondo uma prosa fina, elástica, maleável feita à sua medida.

IV

A obra de Otto Lara Resende é relativamente pequena: quatro coletâneas de contos — *O lado humano* (1952), *Boca do inferno* (1957), *O retrato na gaveta* (1962), *As pompas do mundo* (1975) — e um romance — *O braço direito* (1963). Dentro dela, *Boca do inferno* desempenha um papel privilegiado.

Na história da literatura brasileira são raros os livros de contos estruturados em torno de um tema, enraizados no mesmo espaço e tempo. Por isso, é incontornável aproximar as sete narrativas de *Boca do inferno* dos oito relatos de *Velórios* (1936), escrito por Rodrigo Mello Franco de Andrade.[17] As afinidades estruturais e temáticas são profundas. Ambos partilham de um classicismo moderno que incorpora com naturalidade diversos registros da oralidade, por uma experiência autobiográfica que se reinventa na realidade invisível da vida social.

Embora afirme que Mário de Andrade foi quem lhe sugeriu escrever um livro de contos com unidade,[18] sabemos que Otto havia considerado a hipótese em duas outras ocasiões. No depoimento a Renard Perez, relembra que, terminado o ginásio, tinha pronto *O monograma*, composto por nove contos, quase todos em torno da vida no internato. Em 1944, finalizou um novo conjunto – dentre os quais sobreviveram "O pai", "A tia", "O avô" – que pretendia reunir sob o título de *Família*.

Insisto sobre a questão da unidade porque ela acabou se constituindo em princípio formal, procedimento de fundo,

---

17 "Rodrigo M. F. de Andrade fez uma obra-prima com *Velórios*. Nunca tinha associado o livro do Rodrigo ao meu. É possível que inconscientemente tenha exercido influência sobre mim." Entrevista de Otto Lara Resende a Leo Gilson Ribeiro, op. cit.

18 "Foi dele que me veio a ideia de escrever 'um livro de contos' com unidade — e não um conto, mais um conto, até chegar a um livro." Entrevista de Otto Lara Resende, in: *O elo partido & outras histórias*. São Paulo: Ática, 1991.

coluna vertebral de *Boca do inferno*. Por vezes, o alinhamento dos relatos transmite a impressão de que estamos diante de um romance, no qual o destino tortuoso de meninos e meninas se enovela na fisionomia de uma cidade imaginária cujos roteiros serpeiam igrejas, colégios, cemitérios, deixando entrever São João del Rei.

No afã de construir um universo esteticamente autônomo, com ritos e ritmos próprios, o escritor combina dois movimentos: ora traz à superfície a borra sórdida do realismo, ora soterra as vigas estruturais que não se fazem notar. Tal carpintaria penetra diversas camadas da criação. Por exemplo, a naturalidade com que os contos estão dispostos no volume pode iludir o leitor, camuflando o projeto arquitetônico do livro, construído para nos oferecer um adensamento gradual dos enredos. Os três primeiros relatos se restringem a um mundo exclusivamente masculino,[19] mas a partir de "Namorado morto", as narrativas se abrem às figuras femininas. Para além da questão do gênero, o aumento das tensões se materializa em tramas cada vez mais dinâmicas e voláteis. É o caso de "Três pares de patins", no qual, com extrema perícia, o escritor supera as polaridades tradicionais (criança contra adulto, filho contra pai etc.) e se arrisca à passagem do dois ao três.

---

19 Em julho de 1953, "Porta de livraria", uma coluna do jornal *Flan*, noticia que o escritor estava terminando um livro novo: *Os meninos*, composto por treze contos. Dois anos depois, Lúcio Cardoso comenta em sua coluna na *Revista da Semana*, Rio de Janeiro, n. 14, 2 abr. de 1955, que Otto iria lançar um livro de contos ainda com o título de *Os meninos*.

No plano ideológico, a sequência narrativa de *Boca do inferno* apresenta uma configuração matizada e construtiva. Após uma abertura tensionada pela doutrina católica — "Filho de padre" e "Dois irmãos" —, tangencia a estética do absurdo em "O porão" e, por fim, envereda por questões moduladas pela psicanálise[20] em "O segredo" e "Três pares de patins".

Em linha com o argumento central, no interior dos próprios contos, a crescente tensão entre os protagonistas e o mundo nos direciona para desfechos sempre trágicos ou traumáticos: parricídio, castração, assassinato, luto, incesto, estupro, suicídio. Mas Otto não ataca nem faz a defesa de seus personagens. O narrador se mantém numa posição ambivalente entre a revelação de um crime e o pudor de um segredo. Diante de tal campo de forças, morais, psicológicas, sociais, somos testemunhas silenciosas. Resta a sensação de que algo ainda precisa ser decifrado, que o núcleo das motivações permanece impenetrável, que é preciso descer a regiões mais profundas. O

---

20 Entre os críticos que vêm dedicando especial atenção a *Boca do inferno* está o romancista Cristovão Tezza. Além da resenha. "Ritos de iniciação" (*Folha de S.Paulo*, 9 ago. 1998), também assina o posfácio da reedição de *A testemunha silenciosa*. Este leitor fino e atento, numa passagem da sua resenha, afirma: "Tomando a criança como objeto, Otto Lara Resende desenvolve o que pode ser lido como sete estudos sobre a difícil fronteira entre o traço biológico e o traço cultural da conduta humana. Nessa vertente, ele se encontra com outra família literária, esta de alma antirromântica — a do naturalismo". A ideia é retomada no posfácio: "Triunfo de Darwin sobre Rousseau". Eu recolocaria a questão em outros termos. Primeiro: Otto pertence à família dos realistas, é um beneditino do real. Segundo, *Boca do inferno* não seria um triunfo de Freud sobre Darwin e Rousseau?

realismo de Otto nos empurra rumo às fronteiras da tragédia, relato infernal da infância.

O primeiro conto, "Filho de padre", está ancorado nas convenções e contravenções históricas do catolicismo brasileiro. Desde o título, trata de reacomodar o romance familiar dos neuróticos às raízes mais retorcidas da nossa vida social, representada pelo filho ilegítimo:

> A preta velha tinha a mania de chamá-lo de meu filho. Sua mãe — pensou Trindade — talvez se parecesse com Felícia. Uma pobre mulata bêbada vinda da fazenda do coronel Justiniano. Uma noite saiu e não voltou: foi encontrada morta de madrugada, no adro da igreja. Trindade tinha três anos quando a mãe morreu. Muita beata sussurrou que era bem feito, que ela pagava os pecados que cometera. E toda gente via Trindade com maus olhos – um filho sem pai:
> — É filho do Tinhoso, obra do Cão.
> Padre Couto sabia da maledicência. Aninha, a mãe de Trindade, servira-o por muitos anos, lavando, cozinhando, arrumando a casa paroquial e cuidando da igreja. De vez em quando, invernava na bebida. Padre Couto ficou com o menino, para fazer dele um homem.

Os códigos da cultura pressupõem uma pedagogia da humilhação na qual o ensino do latim, o cultivo das abelhas e os preparativos da missa são acompanhados por sucessivos insultos — cabeça-dura, quadrúpede, bronco — e, sem nenhum disfarce, por maus tratos físicos: "Aos quatro anos, Trindade tomou o primeiro castigo de vara. Agora, tinha catorze: dez anos de varadas".

O embate simbólico encarnado no contraste dos nomes — Couto e Trindade — se traduz numa brutalidade cujas origens remontam à escravidão: "Suportava o castigo de dentes cerrados e olhos secos —talvez por isso padre Couto lhe batesse com gosto, zunindo a vara no ar. Os vergões das lambadas levavam dias para desaparecer de sua pele escura, nas costas e nádegas". A descrição excessiva denuncia o duelo entre uma resistência silenciosa, "cerrada" e "seca", e o prazer sádico de quem "bate com gosto".

A narrativa concentrada num único dia potencializa a vingança recalcada por dez anos. O impulso irrompe de um mundo subterrâneo, arcaico e primitivo: "Como se a decisão já tivesse nascido há muito dentro dele". A raiva de Trindade havia proliferado e sobrevivido escondida como os ratos. O padre provará do próprio veneno.

Deste conto inaugural, Otto desentranha o título emblemático da obra: "Na caverna, Trindade estava seguro, longe da zombaria dos outros meninos, longe de toda a gente, das obrigações do padre Couto. Se fosse preciso, se alguém aparecesse, Trindade podia descer até onde a laje se abria numa furna que a tradição considerava amaldiçoada, mal-assombrada. Escura e secreta Boca do Inferno". [21]

À primeira vista, o título parece restringir as possibilidades de leitura, porém, pouco a pouco, dissemina outros significados com alto poder de irradiação. Ao recordar que Trindade, deitado no seu quarto, gostava de imaginar a laje em diferentes horas do dia, depreendemos que ali se sentia protegido, acolhido, intocado, de volta ao ventre natural ou materno. De outro ângulo, a cena final reforça os sentimentos de um bicho acuado, entocado, emparedado, incomodamente próximo do cemitério. Trindade negativa: assassino, órfão, enterrado vivo.

"Dois irmãos" retoma a problemática da origem, agora deslocada da natureza para a cultura. Desde a primeira linha, o contista recorre a uma frase corriqueira da experiência familiar: "— Não sei a quem esse menino saiu — exclamava a mãe com desalento". A suspeita lançada quase despretensiosamente entronca com a consagrada mensagem católica: "A árvore boa dá frutos bons".[22] Aos ouvidos de Gílson — tão diferente de Mauro, o mais velho dos cinco irmãos — a dúvida se instaura de modo definitivo.

Reforçando a ideia de um livro meditado e arquitetado, Otto aborda questões semelhantes, invertendo inteiramente o

---

[21] Ao longo de sua obra, Otto sempre incorporou elementos da realidade. Este é o caso da caverna conhecida por Boca de Inferno, localizada na cidade mineira de Resende Costa, outrora Arraial da Laje, onde o escritor costumava passar as férias, na casa da avó.
[22] Ela aparece em Mateus (7, 17) e em Lucas (6,43).

ângulo. Agora, tudo indica que estamos diante de uma família estruturada, cujo cotidiano é ditado pelo caminho reto da religião. Por isso, quando Gílson mata a aula de catecismo para tomar sorvete e ir à matinê, a escolha adquire a conotação de um desvio. Apesar de punido pelos pais, as reprimendas e os castigos assumem feições de racionalidade.

O enredo soaria previsível se, diante da comparação reiterada e implacável levada a cabo pelos adultos, não se estabelecesse uma cumplicidade tácita entre os irmãos. Este aspecto imprime ineditismo ao conto. Contrariando a disputa bíblica entre Caim e Abel, Mauro não julga Gílson e vice-versa. Mesmo pressionados pelos pais, ambos preservam as identidades salvaguardadas em segredo. Essa dialética entre o não dito e o dito também se expressa na diferença entre segredo e confissão. Para Gílson, a contrição perfeita era difícil.

A morte repentina de Mauro rompe o equilíbrio. Detalhe simbólico, não resistiu ao crupe, obstrução da laringe, asfixia. O círculo familiar se fecha sobre Gílson. A margem de manobra para as diferenças se estreitam: "Você é o mais velho agora. Vai seguir o exemplo de Mauro, vai dar bom exemplo a seus irmãos menores". Ao invés da agressão física tão presente em "Filho de padre", aqui a violência é verbal. A sentença sempre repetida e repisada: "Meu Deus, a quem esse menino saiu?". Os pais praticam uma espécie de tortura mental, psicológica, cultural.

O desejo de Gílson, entretanto, não se manifesta de

forma verbal, mas por observações de ordem sensorial, física, concreta: sentia no rosto a "barba" da professora, o cheiro de fumo do padre, achava o sorvete de creme ótimo, preferia o cinema ao catecismo.

Aos onze anos tinha o diabo no corpo e o inferno do arrependimento na cabeça. O demônio da diferença. No espaço reservado e frio do banheiro, onde a tia havia dado a notícia da morte do irmão, Gílson trancou-se por dentro e abriu a navalha do pai. Para ocupar o lugar do outro é preciso podar a si mesmo.

"Namorado morto" é a primeira história que contempla uma voz feminina. Vem logo após "O porão" — conto duríssimo que analisarei mais adiante — numa clara tentativa de atenuar o desconforto e oferecer uma pausa estratégica para que o leitor recupere o fôlego. Por isso, provavelmente, seja o relato mais lírico e ingênuo. Do abismo dos seus onze anos, Doquinha narra com extremado pudor a paixão secreta que nutria por Mário, colega de escola, um ano mais velho. Ele veio de uma cidade grande, cultivava hábitos quase adamados e estava doente. Num monólogo afogueado, entrecortado por frequentes sobressaltos da alma, Doquinha nos desvela o arrebatamento amoroso e o travo amargo da morte.

A peça diminuta sugere um grande divertimento para Otto. É visível a satisfação com que a recobriu de caprichos fúnebres: as cinzas da declaração de amor depositadas nas páginas de um manual de geografia, um vestido rodado usado na procissão de Corpus Christi (linda como uma órfã de asilo!), a citação do poema de Casimiro de Abreu, o exercício de imaginar Mário dentro do caixão.

Outra travessura típica do escritor, de passagem, revelar o nome verdadeiro de Doquinha: Eudóxia. Embora depois tente despistar afirmando que é um "nome horroroso, nome de velha, de sua avó", o significado deste nome, de origem grega, se ajusta perfeitamente à personagem: inteligente, comunicativa, quase tagarela.

À exemplo da mãe ("espigada no seu vestido preto de rendas, devota como uma viúva de olhar duro e vazio"), o destino obrigará Doquinha — sem nunca ter tido um namorado – a viver sua primeira viuvez. Mário morto, namorado morto, mas tem um segredo.

"Três pares de patins" retoma as trilhas da perversão. Num fim de tarde, dois irmãos, Betinho e Débora, acompanhados por um amigo, Francisco, se dissolvem na algazarra dos jovens no adro da igreja, temporariamente convertido em ringue de patinação. A discreta profanação do espaço sagrado é perdoada em função de sua proximidade com a casa do Senhor. Os ruídos dos patins são sepultados no solo enquanto um cântico alegre se projeta até as torres da igreja.

Convocados por Betinho, Débora e Francisco trocam a vibrante arena coletiva pela atmosfera silenciosa do cemitério. Descalçados os patins, o lúdico deslizar sobre rodas é substituído pelo prazer de pisar novamente em terra firme. Mas a ruptura simbólica com o equilíbrio anterior — o desafio de manter-se em pé — expõe os três protagonistas aos riscos de outras quedas.

"Três pares de patins" prenuncia um erotismo circular, onde as individualidades são atraídas pela vertigem de um abismo que sorverá a todos. A desenvoltura agressiva de Betinho constrange Francisco a palmilhar timidamente pelos círculos infernais que já haviam colhido Débora. Sob o olhar de um anjo de bronze, numa hora indecisa — entre noite e dia, mortos e vivos —, Eros transpõe o reino de Tânatos.

A causa secreta de Betinho desconsidera os interditos. Todas as perversões são possíveis. O domínio do mal recai primeiro sobre Débora, imolada pelo ato incestuoso que, ao que tudo indica, havia sido consumado outras vezes no cemitério: "Ela sabe o caminho". Constrangido por Betinho, Francisco se vê forçado a infringir o afeto que sente por Débora, oferecida em sacrifício. O desejo natural se converte em dilaceramento.

O recorte das falas dos três personagens é revelador. Betinho, sempre no comando, dita o ritmo das ações: "Vem", "Tirem os patins", "Depressa", "Vai", "Anda". Francisco só pondera ou pergunta: "Onde você está me levando?", "Está ficando tarde", "Está chorando?", "Sua mãe zanga?". Débora praticamente não fala. Puxada por Betinho rumo ao cemitério, lança um olhar suplicante a Francisco; puxada novamente pelo irmão, "ia na ponta dos pés, pesada como quem se recusa", vítima prestes a ser imolada.

De mãos dadas com a imaginação, a realidade retoma seu ritmo corriqueiro e familiar. Os dois irmãos voltam para casa; Betinho, sempre à frente, funde sua voz à dos adultos, Débora entra um pouco depois, novamente na ponta dos pés, só que agora, "como uma boneca". Francisco retorna sozinho para casa. Não consegue estancar a ferida do dilaceramento. O par de patins caiu pelo caminho. Não voltou para apanhá-lo. Havia ficado para trás, como a sua infância.

"O segredo" é uma narrativa desassossegada, cuja inquietação perpassa três gerações de mulheres: avó, mãe e filha. O pai desapareceu no mundo. Deixou uma porção de dívidas e, há cinco anos, não dá nenhuma notícia, rastro ou paradeiro. A falta da figura paterna fragiliza a filha. Sílvia será exposta a uma série de situações de assédio. Na primeira delas, sob o pretexto de oferecer um copo d'água, o proprietário do imóvel que a mãe pretendia alugar encosta a menina contra a parede de azulejos da cozinha e a aperta contra o próprio corpo. Amedrontada, Sílvia, não conta nada à mãe.

A segunda abordagem parte de dentro do núcleo familiar. O primo de sua mãe, Artur, é transferido para uma agência bancária da cidade e passa a morar com elas, contribuindo com os gastos da casa. A aproximação é cautelosa, constante, continuada até o assédio se converter em abuso. Desta feita, Sílvia resolve contar para a mãe, que, dissimulada, minimiza: "Só isso?". E logo em seguida, a coloca sob suspeita: "Minha filha, você está nervosa, quem sabe andou sonhando". O argumento é corroborado pela avó: "Inventar uma coisa tão feia". Por fim, o próprio Artur, instado a esclarecer o episódio, deixa no ar ponderações que visam dissuadir qualquer ação: "Ninguém ignora como as crianças são imaginosas. Você não sabe que a Justiça não aceita como válido o depoimento das crianças?".

Nos demais contos, Otto conduziu a intriga de modo que a criança pudesse construir sua identidade em consonância com a preservação de um segredo. Curiosamente, na narrativa que estampa essa palavra no próprio título, a verdade mais íntima da menina é confrontada com os interesses dos adultos.

Prisioneira dentro da própria casa, Sílvia falta na escola e, pela primeira vez, resolve passear sozinha pela cidade. Circula livremente num estranho comércio com o mundo, olhando sem pressa as vitrines até ser abordada por um homem que se diz amigo de seu pai: "Veja só. A filha do Palhares!".

Nessa terceira abordagem, é conduzida a uma sorveteria pelo homem que se apresentou como Sousinha. Incomodada, Sílvia tenta se despedir, porém, ele lhe acena com uma promessa irrecusável: quer mostrar uma fotografia onde figura ao lado do pai dela. Havia pouco tempo a mãe tinha picado um dos raros retratos que guardava do pai. Foi presa fácil. O homem conseguiu arrastá-la até uma saleta do sobrado da esquina. Ela fechou os olhos para não ver. Cresceu sem contar para ninguém.

Reponta no substrato da narrativa uma promíscua relação entre usura e abuso sexual: proprietário/ aluguel, primo/ pensão, amigo do pai/ escritório. O assédio masculino empareda a menina com o seu hálito quente, o cheiro de cigarro, a barba por fazer, as mãos suadas. Ela sente o desconforto do crescimento: o corpo não cabe no uniforme do colégio. Se para os homens Sílvia já é uma mulherzinha, para as mulheres, ela não passa de uma criança que fantasia coisas na alcova.

Fechando o volume, "O moinho" — única história que transcorre em ambiente rural — nos conduz a um ponto extremo, onde o fim remete ao início. A circularidade alcança seu termo quando "O moinho" reproduz estruturas similares à "Filho de padre". Em ambos, predomina a exploração do trabalho infantil camuflado sob os vínculos familiares. De certo modo, o catolicismo de Otto desmascara a injusta ordem social do país ao exibir variadas formas de dependência e exploração. Em contrapartida, através das trajetórias truncadas dessas crianças mostra como se criam laços de afeto e resistência entre personagens desprotegidos e periféricos: Trindade e a preta velha Felícia contornam as intolerâncias do padre Couto; Francisco e Rosário, outra preta velha, elaboram pequenos subterfúgios para escapar à brutalidade enérgica do padrinho.

Após a morte da mãe, Francisco viu todos os irmãos serem distribuídos entre parentes e compadres, cabendo a ele ficar sob a guarda do tio Rodolfo. O calvário do menino será sem fim. Desde o primeiro dia, o padrinho se mostra cruel e tirânico. Passados dois anos de chicotadas e sofrimentos, Rosário encoraja Chico a tomar o rumo da chácara de sua tia Dora.

A narrativa da fuga se nutre de grande rusticidade, descrição miúda da paisagem, com rota de escape feita a bico de pena: a escalada do morro do Urubu, o pernoite na casa humilde, a madrugada polvilhada de estrelas, o atalho por dentro do capão, o sol rebentando de cores, a tropa de burros na estradinha até topar com a cidade onde havia morado.

A visão sobre sua antiga casa é uma das passagens mais comoventes e tristes do conto:

Parou do outro lado da rua. Era a mesma casa, com seis janelas na frente, a porta no meio, ao lado o portão que levava ao quintal. A copa da primeira mangueira era visível da rua. A porta e todas as janelas estavam fechadas. Era uma casa morta, sem pai, nem mãe, nem cachorro, nem gato, nem fogão aceso. Chico lembrou-se de sua mãe. Morta, no caixão, tinha os olhos fechados e estava quieta como agora estava aquela casa de janelas fechadas, imperturbável.

Por força do contraste, na chegada à chácara da tia, o silêncio sepulcral é substituído pela memória da música mais humana: "—Que aparição é essa? — de repente a porta se abriu e surgiu tia Dora, espantada. — Francisco, é você? A voz era igual à de sua mãe". Quando tudo indicava que este remanso consertaria o destino, o padrinho adentra a chácara para resgatar o menino. Ao recordar os rudes ruídos da violência — a voz áspera, o tilintar das esporas, o bote da chibatada — Chico preferiu somar-se ao silêncio absoluto.

No primeiro baque da vida, os "filhos estavam engasgados com a certeza de que nunca mais se juntariam na mesma casa. A morte da mãe, de surpresa, deixou-os confusos, olhando sem ver. Todos sentiam obscuramente que a família acabava naquele velório. Uma vida nova, cega, escura, agora ia começar". O antigo pressentimento torna a passar pelo filtro da consciência de Chico. Na iminência de ser apanhado pelo padrinho, ser obrigado a regressar àquele cotidiano de opressão, "Chico fechou os olhos e atirou-se. O moinho engasgou, tentou prosseguir o seu trabalho de sempre, mas acabou parando". O primeiro engasgo foi fruto do destino, o segundo, produto da razão.

Boca do inferno reata as duas pontas da morte. Se em "Filho de padre" Trindade perpetra um parricídio completo — mata o pai, o padre, o padrinho —, em "O moinho", Francisco pratica um ato mais radical: tira a própria vida. O círculo se fecha, funde secretamente revolta e derrota.

V

Por que analisar separadamente "O porão"? Porque penso que nele reverbera a originalidade de Otto Lara Resende. Porque se mostra mais resistente à interpretação, beira o ininteligível, tangencia o absurdo. Porque raríssimos escritores conseguem fazer a condição humana, representada por dois meninos, perder o senso do equilíbrio no quintal de uma pequena cidade mineira.

Nos últimos quinze anos, venho analisando *Boca do inferno* em minhas aulas na universidade. Além do fascínio que o livro desperta, surpreende o número de alunos que já me relataram terem sonhado com "O porão". No mínimo, esse conto funciona ora como um poderoso polo magnético, ora como uma caixa preta do inconsciente.

Segundo a fenomenologia da imaginação de Gaston Bachelard, o espaço da casa nos proporciona um amplo corpo de imagens, cujo primeiro passo analítico seria explorar o eixo de sua verticalidade, opondo a racionalidade do sótão à irracionalidade do porão. Este último se configura como "o *ser obscuro da casa*, ser que participa das potências subterrâneas".[23] O contraponto entre o sol luminoso e a topografia do esconderijo perpassa todo o livro: a caverna para Trindade, o banheiro para Gílson, o quarto para Doquinha, o cemitério para Débora e Francisco, a alcova para Sílvia, o porão para Floriano.

Articulando fenomenologia e psicanálise, Bachelard também menciona os medos infantis recalcados em "O barril de Amontillado" e "O gato preto" de Edgar Allan Poe. A imaginação de Otto, sem dúvida, percorreu galerias vizinhas ao univer-

---

23 In: *A poética do espaço* (1957), de Gaston Bachelard. Trad. Antonio de Pádua Danesi. São Paulo: Martins Fontes, 2008.

so de Poe. Mesmo sendo uma ótima porta de entrada, a topoanálise não dá conta das especificidades de cada texto. Por isso, agora, precisamos descer ao subsolo do próprio conto.

"O porão" nasce sob o signo da alteridade: "O sol anunciava um dia diferente". O narrador contrapõe um *sol* de férias que inunda de luz, desvenda e escancara todas as coisas, ao *porão* escuro, calmo e frio, que ignora a manhã e desconhece o curso do sol. Embora a montanha também reforce a ideia de divisão entre o "lado de cá, conhecido, e o lado de lá, inexplorado", é a verticalidade que empresta dinamismo à narrativa. O meridiano do mal rasga o dia de alto a baixo.

A construção do conto persegue uma lógica geométrica. Tudo se passa no espaço reduzido de um dia. Na primeira metade, até a hora do almoço, seguimos de perto a perambulação inquieta e solitária de Floriano. Elementos cotidianos gravitam em torno da poderosa imagem do sol, cuja forma e cor são reiteradas por uma constelação de pormenores: ovo, mamão, manga, mexerica. Essas pequenas explosões denunciam a gestação lenta, calculada, premeditada do ato trágico. Por onde passa, Floriano deixa um rastro de destruição: furta duas mexericas, lança um ovo contra o muro do galinheiro, atira um caco de garrafa no lombo do cachorro. Exibe todo o seu domínio.

Porém, no final da manhã, após retirar a bicicleta do porão, os gestos perversos deslizam para um "desejo de distribuir pontapés contra tudo", impulso de ferir-se, "machucar-

-se, sangrar". O mal-estar de Floriano está relacionado com a sua falta de habilidade manual: "era tão fácil para os outros, para ele era difícil, impossível. Bicicleta, carrinho de pau, brinquedos mecânicos, papagaios — tudo o desafiava". Este desconcerto com o mundo provoca impaciência, irritação e uma sensação de pânico no menino. Os objetos lhe são hostis.

Depois do almoço, o "dia diferente" se transfigura num "dia dividido". Floriano ruma para a casa de Rudá. A entrada em cena do amigo é ralentada, repleta de idas e vindas, de perguntas sem respostas. O narrador realça as diferenças: o pai de Rudá dará ao filho uma serra de fazer roda. Floriano "não tinha pai, jamais ganharia uma serra de fazer roda". A sua falta de habilidade manual sugere um elo partido: a ausência do pai. A inaptidão se manifesta apenas na hora de consertar a bicicleta ou armar a arapuca para pegar passarinho. Ela inexiste com relação à espingarda (também quebrada) e ao canivete, supostamente dados pelo pai. Fica subetendido que a motivação para encontrar o amigo seria fruto de um cálculo: Rudá o ajudaria a montar a roda na bicicleta. Circunlóquios, manobras, rodeios.

A conversa entre ambos é precedida por uma sequência de gestos subterrâneos, quase imperceptíveis, que se inscrevem no corpo da narrativa e de Floriano: "um pequeno ferimento ressequido, começou a esgravatá-lo até apontar um filete de sangue", "com um pau de fósforo, espremia um tatuzinho no chão". Qual o significado dos riscos que Floriano traça no chão? Essa escavação enigmática, essa algaravia do sofrimento, esses criptogramas sádicos se assemelham ao sol, que projeta "arabescos de sombra e luz".

No percurso de volta, Floriano pede que Rudá o espere e caminha até a horta. Por um momento, esquece completamente do amigo: "Nas folhas secas, a urina levantava um marulhinho molhado, era bom aliviar-se na horta, estrumá-la, perfumá-la com cheiro de gente, excremento de gente se confundindo com a terra e as folhas, com o cheiro da terra e das hortaliças". Neste curto idílio, o excremento é a flor secreta do erotismo.

Mas qual o significado de tantas digressões? Elas despistam, retardam, distraem o leitor do momento decisivo. Estamos sempre às vésperas, seja do aniversário de doze anos de Floriano seja da crisma de Rudá, na iminência do rito de passagem que mudará o curso de suas vidas. De repente, o tempo acelera. Ensaios, repetições, armadilhas, tudo converge para aquela roda de bicicleta dentro do porão.

A imaginação de Floriano cresceu clandestinamente no porão: "Escondia ali todos os seus segredos, tudo que desejava pôr fora do alcance dos mais velhos". Sem qualquer dimensão libertária, este lugar reduzido e de difícil acesso representa um segundo mundo, submundo, regido por regras escatológicas. Cu da casa, intestino, túmulo.

As cenas finais são construídas de forma notável, mescla de lição de anatomia e teatro da perversão. Pelas fissuras do assoalho, os dois meninos podem ouvir os ruídos da casa que chegam até o porão. Mas o que era prova de amizade — "não trago ninguém aqui" —, pela primeira vez Rudá tinha acesso ao esconderijo de Floriano, começa a se confundir com o medo.

Diante do casal de meninos, Eros e Tânatos ensaiam os seus primeiros movimentos: "por um momento os pés de ambos se tocaram", "sentiu a mão de Floriano no seu ombro, depois no peito, correndo em cima das costelas", "soprou-lhe quase ao ouvido". O pacto de silêncio tem que ser renovado: "Na festa amanhã, você não conta que eu te trouxe aqui". Floriano solicita novas promessas: "Você não conta a ninguém?". O narrador sugere que Rudá, de olhos fechados, está "entregue". Então, somos emparedados pelo desfecho trágico.

"O porão" possui laços de parentesco com *O estrangeiro* (1942), de Albert Camus. A principal diferença é que esse pequeno Meursault não vai a julgamento. A naturalidade com que diante da mãe desconversa sobre a presença de Rudá choca o leitor. Floriano reafirma sua verdade: o amigo realmente não estava mais com ele. Num registro fantástico, Rudá poderia ser o seu duplo. Mas estamos diante de um prosador realista para quem manter um segredo não é exatamente mentir.

Na orelha da primeira edição de *Boca do inferno*, muito provavelmente escrita pelo Otto, há uma boa pista sobre as possíveis intenções do escritor: "Nestes contos, a infância é um tempo cruel e as crianças são seres responsáveis, jogando sozinhas o seu próprio destino. Os adultos estão perto mas, menos sensíveis que elas ao sentido moral das coisas, não participam dos seus conflitos de consciência: no papel convencional de pais, mães, padrinhos e vizinhos, ocupam apenas o segundo plano das cenas. No primeiro, estão os meninos, em luta com a sua infinita e secreta liberdade".

"O porão" continuou a se comunicar secretamente com outras narrativas do autor, criando uma imensa malha de galerias, ricas em imagens, minérios noturnos, infernos gerais. No extremo, acabou se constituindo num topos, lugar através do qual se espia e expia todos os seus demônios, centro poroso de sua criação. É a partir dessa porosidade que podemos ensaiar uma perspectiva integradora da obra.

Em "Nó cego", quarta e última parte do romance *O braço direito* (1963) — como se não bastasse a existência de outro porão no Asilo da Misericórdia —, o antigo conto é evocado pelo inspetor do orfanato numa passagem reveladora: "Hoje entendo a história de dois meninos que se enfurnaram no porão de uma casa e um matou o outro a frio com um canivete. Catacumba do Diabo, o porão é a boca do inferno".[24]

"Gato Gato Gato", um dos mais belos contos de *O retrato na*

---

24 Ver: *O braço direito*. São Paulo: Companhia das Letras, 1994, p. 180. Outras passagens ainda poderiam ser citadas, por exemplo, na parte inicial do romance, "O dia da caça", diante de uma ninhada de gatos, o inspetor do Asilo reage como Floriano: "O Zé Corubim, que tantas vezes me dá uma boa ajuda, hoje se meteu a vasculhar uns recônditos recantos do porão. A exploração resultou numa série de achados, a começar por uma ninhada de gatos que tinham acabado de nascer. Mandei jogar os bichos, dentro de um saco de aniagem, na cachoeira. Gostaria de ter mandado afogar também a gata e o gato, nessa ordem".

gaveta (1962), também está ligado de forma indissolúvel à poética do "Porão". O escritor retorna à cena do crime. Tudo indica que tenha escrito uma variação da passagem em que Floriano mata Veludo, o gato da família. Desde o parágrafo inicial identificamos elementos comuns: "o sol a pino", "o filete de sangue", "o menino pactuando com a mudez de tudo em torno — árvores, bichos, coisas. Captando o inarticulado segredo das coisas". Porém, o mais importante, lá está o mesmo menino a "erguer-se, apanhar um graveto, respirar o hálito fresco do porão".

O sadismo contra os gatos oculta uma revolta contra este animal misterioso, nada domesticável, cioso de sua liberdade. Como não recordar do ígneo olho solitário do "Gato preto" de Poe? Eles se multiplicam no zoo infernal do Otto. Infiltram-se como agentes secretos da psique noturna. Em "Gato Gato Gato" arrisca algumas hipóteses para a animosidade: "O gato olhou amarelo o menino. O susto de dois seres que se agridem só por se defenderem". Ou ainda: "Gato e menino não cabem num só quintal".

Os temas se desdobram em subtemas, assim a morte da ninhada de gatos, presente em "O porão", ressurge em *O braço direito*: "Uma gata entendeu de deixar uma ninhada de filhos no porão do asilo. Recolhi com nojo os recém-nascidos, meti num saco de aniagem e mandei o Zé Corubim levar à noite para jogar na Gameleira, bem no fundo".

Na esteira de Samuel Rawet, que colocou de lado *O retrato na gaveta* e optou por fazer uma resenha memorável do conto "O gambá",[25] não quero deixar de comentar o tema do extermínio da ninhada tratado neste conto grotesco. O bizarro personagem do Corcundinha despeja uma cadeirada no lombo do bicho que apareceu na praça circular da cidade. Após novo golpe "a ninhada de filhotes, minúsculos e trêmulos, como camundongos, despejou-se cegamente da bolsa no chão". Corcundinha deixa de lado a cadeira e, "com o salto de suas botinhas ortopédicas, metodicamente, maciamente, pisa um a um os filhotes que se moviam em várias direções". Correndo o risco de forçar a nota, é impossível não associar essa passagem à barbárie do nazismo. Segundo Theodor W. Adorno: "A afirmação sempre encontradiça de que selvagens, negros, japoneses sejam como animais, macacos talvez, já contém a chave para o *pogrom*. Decisivo para essa possibilidade é o instante em que o olhar de um animal ferido de morte atinge o homem. O desprezo com que ele se desfaz desse olhar — 'afinal é apenas um animal' — repete-se interminavelmente nas perversidades contra os seres humanos." [26]

Deste ângulo, Otto deve ser visto como um escritor realmente político. Mesmo quando seus protagonistas estão a um passo do inferno, este nunca é um inferno particular. Pensar o

---

25 In: *Leitura*, Rio de Janeiro, n. 70-1, Rio de Janeiro, abr.-maio, 1963. O contista esboça uma leitura que põe em diálogo "O gambá", de Otto Lara Resende; "O búfalo" (1960), de Clarice Lispector; "Vicente" (1940), de Miguel Torga; e "Galinha cega" (1931), de João Alphonsus.
26 Ver: *Mínima moralia*, de T. W. Adorno. Trad. Gabriel Cohn. Rio de Janeiro: Azougue, 2008.

porão, o internato ou o inferno é refletir sobre uma realidade social autoritária, claustrofóbica, opressiva. Para Trindade, Floriano, Sílvia, assim como para o Sartre de *Entre quatro paredes* (1944), "o inferno são os outros".

"Não continuei a escrever o meu romance, mas vou começar. A reescrever, quero dizer, pois escrito já está. Da reescritura só existe a primeira frase, numa folha em branco: 'Vida é segredo'."[27] Compreender esta divisa será o derradeiro movimento deste ensaio. Sem pretensão de esgotar o campo do possível, quero lançar uma última hipótese de leitura que, confirmando e transpondo o horizonte de *Boca do inferno*, revele porque nas narrativas de Otto, para além do tema, o segredo assume a configuração formal de uma poética.

No andamento de sua prosa, o escritor costuma combinar dois movimentos. Primeiro: os protagonistas são apanhados no cotidiano mais prosaico e conduzidos a uma situação de extremo conflito que, na maioria das vezes, resultará num desfecho trágico. Segundo: transposto o momento diruptivo ou traumático, o personagem, transformado pelos acontecimentos, retoma sua vida normal.

A despeito dos contos respeitarem a unidade de efeito defendida por Poe, começam *pianissimo* e terminam com

---

27 In: *O Rio é tão longe*, op. cit, p. 49. A frase "Vida é segredo" fecha o capítulo 31 da novela *A testemunha silenciosa*.

um desfecho *forte*, por que a marca da maldade continua pulsando numa dimensão fora do texto, secreta e inconclusa? No primeiro movimento, a técnica do suspense nos mantém presos ao fluxo crescente da tensão psicológica até o desvelamento do segredo. No segundo movimento, um detalhe formal faz toda a diferença: o emprego do epílogo. A narrativa não termina após ter atingindo seu ápice.

Retornemos ao "Porão". É o epílogo que torna a suscitar no leitor uma série de dúvidas. Por que o narrador não se interessa mais pelo destino de Rudá? O que significa Floriano lavar as mãos? Só o cachorro parece farejar nossa surpresa e nosso medo. "O porão" não segue as regras do conto policial. A centralidade do crime é sutilmente deslocada. Nada mais precisa ser desvendado. Subitamente, o leitor é solto, está sozinho no vestíbulo da consciência, livre para julgar. De tocaia, o narrador o espreita. É transformado em testemunha. Carrega um segredo.

A etimologia de "segredo" remonta ao século XIV, oriunda do latim *secretum*, o adjetivo deriva de *secretus*, particípio passado do verbo *secerno*, que significa separar, apartar, por à parte. Da raiz do verbo, *cerno*, cujo sentido remete à atividade agrícola de peneirar, passar pelo crivo, separar o joio do trigo, derivam dois outros termos decisivos para compreendermos a polissemia da palavra "segredo". Quando relacionado à visão, *discerno* expressa a capacidade de distinguir um objeto à distância, identificar sua forma, definir seus contornos; quando vinculado ao intelecto, "discernir" remete a nossa faculdade de diferenciar, discriminar, distinguir o bem do mal, o certo do errado. No outro extremo, derivados da mesma raiz verbal, encontramos *excerno* e *secerno*, respectivamente "excremento" e "secreção", termos que também conservam o sentido original de separação.

Apesar da sua decantada vocação para a conversa, Otto soube como ninguém cultivar a discrição. Este paradoxo define a sua personalidade esquiva e comunicativa: "A ideia que faço de mim? Um sujeito delicado e violento. Delicado pra fora, violento pra dentro. Um poço de contradições. Um falante que ama o silêncio. Um convivente fácil e um solitário [...]. Solicitude e esquivança compõem o meu espectro".[28]

Essa percepção de si mesmo confirma que sabia como ninguém estar dentro e fora das situações, dentro e fora dos personagens. Ouvido democrático para captar a vida alheia e um pudor escandaloso de falar de si: "Não me abro com facilidade. E sou extremamente confidencial. Adoro segredar. Adoro confidências. Sou capaz de guardar segredos. Sou um túmulo. Falo a língua de todo mundo. Me interesso por todo mundo. Não há vida humana que não me interesse".

O demônio de Otto Lara Resende é o segredo. Como já foi dito, dos onze aos vinte anos conservou um diário "onde anotava coisas meio rebeldes, meio pecaminosas, paixões silenciosas, notas de leitura, e que escondia numa geladeira

---

[28] "Quem é Otto Lara Resende?", entrevista a Paulo Mendes Campos, in: *O príncipe e o sabiá*. Org. Ana Miranda. São Paulo: Companhia das Letras; Instituto Moreira Salles, 1994.

abandonada numa alcova. [...] Não satisfeito com o esconderijo inventou, a certa altura, um alfabeto de pontinhos, para melhor se proteger da possível indiscrição alheia, havia comunicado a apenas dois colegas a chave do código". Esse desejo de privacidade, a defesa da intimidade e a criação de um mundo interior explicam, em parte, a sua predileção pelo gênero. Deu mostras dessa longa fidelidade ao diário como leitor voraz, crítico literário contumaz ou o romancista obstinado de *O braço direito*.

O segredo está entranhado em suas histórias, com tal poder de irradiação de sentido que retorna sempre em títulos e personagens gestadas e premidas pelas suas funções: o inspetor de orfanato, Laurindo Soares Flores, é pessoa de confiança em *O braço direito*; o sineiro manco, Sanico do Segredinho, é uma espécie de reserva lírica da narrativa oral em *A testemunha silenciosa*; o irmão irrepreensível, Mauro, nunca denunciou Gílson, no conto "Dois irmãos", de *Boca do inferno*.

Seria cômodo analisar o segredo apenas pela ótica de um catolicismo conservador restrito às noções de pecado e culpa. A literatura de Otto transcende essas categorias e, além de corresponder às intuições mais íntimas do autor, recupera uma das aspirações do projeto moderno, afinadíssima com a sociologia de Georg Simmel, que considera o segredo uma conquista da humanidade, significando "uma enorme ampliação da vida", permitindo o surgimento de um segundo mundo.[29] Interpretação próxima à da psicanalista Piera Aulagnier, que evita confinar o segredo a categorias negativas: "Pensar secretamente é ter direito a um mundo próprio".[30]

Cada segredo inventa seu próprio esconderijo. O escritor Otto Lara Resende gostava de se esconder do mundo. Por vezes, até de si mesmo. E se escondia com tão rara eficiência — na conversa com os amigos, em passeios por cemitérios, na arte de escrever cartas, no frasista genial, no cronista que tinha uma queda para necrológios, no imitador impagável, numa peça de Nelson Rodrigues — que foi ficando cada vez mais difícil retornar à literatura.

Mas, como ele mesmo disse, "o mundo é redondo, Deus é redondo, todo segredo é redondo". Após a sua morte, o escritor Otto Lara Resende passou a circular com maior frequência.[31] E, hoje, já não é segredo para ninguém, *Boca do inferno* é um livro notável.

---

[29] "A sociologia do segredo e das sociedades secretas", in: *Georg Simmel: sentidos, segredos*. Trad. Simone Carneiro Maldonado. Curitiba: Appris, 2011.

[30] "Le Droit au secret: condition pour pouvoir penser", in: *Nouvelle Revue de Psychanalyse*, n.14, Paris: Gallimard, 1976.

[31] O escritor foi objeto de uma biografia: *Otto Lara Resende: a poeira da glória*, de Benedito Medeiros (Rio de Janeiro: Relume Dumará, 1998). Também foram publicados dois volumes de crônica dele: *Bom dia para nascer* (1993), org. Matinas Suzuki, e *O príncipe e o sabiá* (1994), org. Ana Miranda; e a sua correspondência com Fernando Sabino, *O Rio é tão longe* (2011), org. Humberto Werneck, todos pela Companhia das Letras. Nas últimas décadas, foram defendidas boas teses sobre *O braço direito* e *Boca do inferno*; em torno deste, o crítico Juarez Donizete Ambires dedicou um ótimo estudo, *Imagens da infância e da adolescência em Otto Lara Resende*. (São Paulo: Porto das Ideias, 2010), com o qual dialoguei constantemente ao longo deste ensaio.

Agradeço a Elvia Bezerra e Cecília Leal Himmelseher, pesquisadoras do Acervo Instituto Moreira Salles, pelo modo com que acolheram minhas garimpagens na Coleção Otto Lara Resende. A Maria Helena Arrigucci, Carlos Frederico Barrere Martin e Humberto Werneck, pela cumplicidade em torno de Otto.

ESTA OBRA FOI COMPOSTA PELA SPRESS EM ELECTRA E IMPRESSA EM OFSETE
PELA GEOGRÁFICA SOBRE PAPEL PÓLEN SOFT DA SUZANO PAPEL E CELULOSE
PARA A EDITORA SCHWARCZ EM FEVEREIRO DE 2014